Chère lectrice,

Le coup de foudre, l'irrésistible séduction, ce sont des choses qui existent.
Vous découvrirez en lisant ce volume de la Série Désir l'émoi délicieux d'une passion vécue à deux.
Vous adorerez sa troublante sensualité.
Duo connaît bien l'amour. Avec la Série Désir, vous vivrez l'inoubliable.

Désir, la série haute passion,
quatre romans par mois.

Série Désir

LINDSAY McKENNA

Sauvage tendresse

Duo

Les livres que votre cœur attend

Titre original : *Wilderness Passion* (134)
© 1984, Eileen Nauman
Originally published by SILHOUETTE BOOKS,
division of Harlequin Enterprises Ltd,
Toronto, Canada

Traduction française de : T. Querilhac
© 1986, Edimail S.A.
53, avenue Victor-Hugo, 75116 Paris

1

Assise derrière son bureau, Emily considéra d'un air las les quatre piles de dossiers amoncelés devant elle. Tous portaient la même étiquette : « rapport d'exploitation. »

Avec un soupir de découragement, elle se leva et se dirigea vers la fenêtre. Il était près de quatre heures, ce vendredi après-midi, et il lui tardait que cette semaine de travail prenne fin.

Quand, deux jours auparavant, son directeur, Doug Adams, lui avait fait savoir qu'une nouvelle tâche extrêmement urgente l'attendait, elle avait eu du mal à dissimuler son irritation. Un cinquième projet sur les bras alors qu'elle ne savait déjà comment achever le travail qui lui incombait ! Mais la tranquillité amicale de Doug n'en avait guère été troublée.

— Emily, notre société est en plein essor et vous ne l'ignorez pas. Notre politique d'amélioration constante nous a incités à acheter les droits d'exploitation des forêts de l'Idaho. Et c'est vous qui êtes chargée de vous rendre en personne sur le terrain afin d'étudier les moyens de rentabiliser la région de la manière la plus productive qui soit. Depuis que vous êtes parmi nous, vous avez su faire preuve d'une compétence exceptionnelle. Le vice-président et moi-même vous accordons donc toute notre confiance pour mener à bien ce projet. Je ne vous cache pas que l'entreprise est délicate. Mais apprécier les potentialités d'immenses territoires situés dans une nature sublime et sauvage vous changera de la routine du bureau. Nous vous offrons des vacances, en quelque sorte...

Emily avait dû se contraindre pour sourire de cette conclusion inattendue. Des vacances ? Il plaisantait ! Mais bien sûr, il aurait été difficile de démontrer à ses supérieurs que cette responsabilité ajoutée à toutes celles qui lui revenaient déjà représentaient un fardeau terriblement lourd à porter. Force était de s'incliner sans protester devant ces nouvelles exigences.

La jeune femme colla le front à la vitre et regarda devant elle d'un œil vide.

Il fallait être vraiment épuisé pour ne pas se délecter du spectacle extraordinaire qui apparaissait devant elle. Un halo léger de brume nimbait délicatement la baie de San Francisco, inspirant une délicieuse sensation de fraîcheur en ce mois d'août particulièrement étouffant.

— Docteur Stapleton ?

Emily se retourna brusquement et dévisagea sa secrétaire avec surprise. Que se passait-il, encore ?

— Oui, Betty.

— Vous vous rappelez votre rendez-vous de ce matin avec un certain Dan Wagner ?

— Ne me dites pas qu'il arrive maintenant ! s'exclama Emily en ouvrant des yeux horrifiés.

— Malheureusement, si. Et je n'ai pas l'impression qu'il soit très aimable. Dois-je le faire entrer ?

Emily réajusta la blouse blanche de laborantine qu'elle portait toujours sur ses vêtements de ville en s'efforçant d'arborer un sourire avenant.

— Il le faut bien, Betty. Veuillez noter les messages que je pourrais encore recevoir et les laisser sur le bureau. J'y jetterai un coup d'œil avant de partir.

— Il aurait pu avoir la politesse d'attendre lundi au lieu de se présenter à la dernière minute un vendredi, grommela la secrétaire, une jeune femme qui avait pratiquement le même âge qu'Emily.

— Je ne peux pas y échapper, Betty, il faut que je le reçoive. C'est l'entrepreneur chargé d'exploiter les forêts que nous venons d'acquérir. Vous seriez gentille de nous apporter du café, j'ai bien peur que nous en ayons pour un bout de temps.

— Vous voulez aussi des sandwiches ?

— Du café seulement, nous n'y passerons pas la nuit, tout de même ! répondit Emily avec un soupir las.

Sur ces mots, elle mit un peu d'ordre dans ses papiers, une véritable gageure, étant donné la masse de documents qui devaient rester sous sa main !

Il pénétra dans la pièce, silencieux, furtif et souple comme un félin. Une telle force émanait de lui qu'Emily le dévisagea plus attentivement qu'il n'aurait fallu. Cet homme était étrangement séduisant. Le teint hâlé comme celui des gens qui vivent en permanence au contact de la nature, il avait les yeux d'un bleu profond, à l'expression indéchiffrable. Ses traits austères dessinaient un visage

7

farouche et volontaire dont la beauté insolite frappait qui le voyait pour la première fois. Il aurait été franchement impressionnant si sa bouche n'avait esquissé une moue légèrement rieuse qui illuminait sa face de manière inattendue.

— Monsieur Wagner ? Emily Stapleton. Asseyez-vous, je vous prie.

Sa main aux longs doigts fuselés était fraîche dans la paume calleuse de son visiteur et sa voix un peu rauque s'était brisée malgré elle. Il fallait reconnaître que l'homme qui se tenait devant elle l'observait avec une intensité qui aurait rendu nerveuse la personne la plus assurée de ses moyens.

Emily eut l'impression qu'il retenait sa main un peu plus longtemps que nécessaire.

— Je ne savais pas que vous étiez une femme, fit-il en guise de préambule.

Il s'efforçait de maîtriser sa déception. Comment pourrait-il mettre sur pied l'exploitation d'une forêt avec une femme qui ressemblait plus à une délicieuse enfant qu'à une spécialiste de l'abattage des arbres ?

Elle doit être plus âgée qu'il n'y paraît, pensa-t-il, secrètement amusé par la situation.

Il ne fallait pourtant pas se laisser attendrir par ce charmant minois un peu juvénile. Là-haut, dans la montagne, l'on devait agir, vite et efficacement. Et voici qu'il se retrouvait en présence d'une femme qui n'avait jamais dû sortir de son bureau !

Consciente de ses réticences, Emily se raidit. Il allait être nécessaire de jouer serré si elle ne voulait pas passer pour une jeune écervelée !

— J'imagine que votre voyage a été épuisant, répondit-elle d'une voix nette. Prenez place dans ce fauteuil, vous serez mieux que debout.

Voilà : alléguer la fatigue pour le placer d'emblée en situation d'infériorité, si mince que soit le prétexte ! Et puis il ne la dominerait plus de sa haute taille, une fois assis.

Mais son interlocuteur ne l'entendait pas de cette oreille.

— Au contraire, mademoiselle ! j'en ai assez d'être coincé sur une chaise. Ce maudit trajet m'a rendu fou d'impatience.

Emily désigna les rapports remis par Doug Adams.

— Nous en avons bien pour deux heures, déclara-t-elle. L'organisation du travail qui nous attend n'est pas une mince affaire, croyez-moi !

Elle se força à sourire et ajouta :

—. Attendez-moi un instant, je vais demander à ma secrétaire les cartes qui nous seront nécessaires.

Elle s'échappa avec soulagement du bureau. Son visiteur semblait inexplicablement de mauvaise humeur, à présent. Qu'avait-elle bien pu faire ? L'après-midi de ce vendredi était déjà très avancé, elle était fatiguée, et un seul désir l'habitait : rentrer chez elle, et dormir !

— Betty, veuillez me sortir les cartes d'état-major du territoire des monts Cervidés.

Quand elle revint dans son bureau, il arpentait la pièce comme un fauve en cage. Son cœur se mit à battre ridiculement fort quand, la tête haute, il la fixa d'un regard insistant.

— Votre avion avait du retard ? demanda-t-elle en se souvenant du rendez-vous manqué du matin.

— Non, répondit-il tranquillement, mais j'ai dû faire face à des imprévus très urgents. Ecoutez-moi, docteur Stapleton, ajouta-t-il en secouant la tête. La société Cascade Associés m'a désigné pour diriger l'exploitation des forêts d'Idaho. J'ai bien trop de travail sur les bras pour discuter de broutilles pendant des heures avec vous alors qu'il est évident que la pratique du terrain vous manque et que cet entretien ne sera strictement d'aucune utilité.

Emily essuya ses paumes moites sur sa blouse. Malgré l'âpreté de ses propos, la présence de cet homme ne lui était pas désagréable, loin de là. D'ailleurs, il avait raison de mettre en avant son manque d'expérience.

— Je crains, monsieur Wagner, que ni vous ni moi ne puissions rien changer aux décisions qui ont été prises. Quelle que soit votre appréhension à collaborer avec moi, vous n'y échapperez pas.

Il plongea les mains dans ses poches.

— Docteur, j'aurais préféré vous rencontrer en d'autres circonstances.

Il était sincère. Rarement une femme d'une beauté aussi touchante l'avait approché de si près. Comment pouvait-elle être agrégée en biologie alors qu'elle semblait sortir d'un magazine féminin ? L'univers rude et fruste qui l'attendait la plongerait dans le désarroi le plus total !

Dan se raidit en songeant qu'il n'avait qu'un diplôme d'études secondaires en poche. De dures années d'expérience lui avaient permis d'accéder à un niveau de compétence reconnu et élevé, mais la formation brillante de la jeune femme lui inspirait une admiration mêlée de crainte. Il fallait lutter contre cette sensation ridicule ! Une fois sur la montagne, Emily serait dépassée.

— Tous vos titres ne vous serviront à rien, dans la situation présente, je suis au regret de vous le dire. Vous êtes chargée de veiller à ce que l'exploitation de la forêt ait lieu de telle sorte que le milieu naturel ne soit pas menacé, c'est cela ? Mais pour qui nous prennent les gens de la ville ? Nous savons respecter la nature, que diable ?

Les joues d'Emily se colorèrent brusquement, et elle s'efforça de tempérer la colère qui montait en elle.

— Je me moque de ce que vous pensez de ma qualification, monsieur Wagner, mais je n'aime pas être critiquée gratuitement. Ce n'est pas moi qui ait choisi de m'associer à vous, figurez-vous. Je ne vois pas pourquoi je subirais vos sarcasmes.

Elle ajouta sur un ton plus conciliant :

— Pour vous comme pour moi, la semaine qui s'achève a été dure. Pourquoi ne pas revenir me voir, lundi matin ? Nous serions alors en mesure de discuter à tête reposée.

Dan Wagner ne répondit rien, se contentant de poser sur elle un regard insistant.

— Vous êtes absolument charmante, docteur Stapleton. Quel dommage que le hasard nous mette en présence l'un de l'autre en des circonstances aussi déplaisantes ! Vous êtes vraiment délicieuse, reprit-il en hochant la tête.

A vingt-neuf ans, Emily avait maintes fois eu l'occasion de recevoir des compliments sur sa beauté scandinave qui laissait rarement les hommes indifférents. Comme tant d'autres, Dan Wagner y était sensible, et elle aurait dû acquiescer à la louange qu'il venait de lui décerner en lui adressant un sourire distrait. Mais cet homme ne ressemblait à personne et, dans sa bouche, ces mots prenaient une résonance particulière et troublante.

— Prenons rendez-vous lundi matin à huit heures, voulez-vous ? poursuivit-elle comme si elle n'avait pas entendu.

Dan Wagner demeura obstinément silencieux. Etonnée et irritée, la jeune femme se retourna vers lui.

Il s'était approché de son bureau et regardait tranquillement les dossiers.

— J'ai l'impression que vous ne manquez pas de travail.

— J'en ai à ne plus savoir qu'en faire, reconnut-elle en soupirant. A dire vrai, je donnerais tout pour me dégager de cette nouvelle responsabilité.

— Alors nous sommes d'accord ; cette étude n'offre aucun intérêt pratique. Je n'ai donc pas besoin de revenir lundi matin.

A cet instant, Betty frappa timidement à la porte et entra dans la pièce, les bras chargés de cartes. Emily fit de la place sur son bureau pour les dérouler.

— Monsieur Wagner, cette étude doit être faite. Si vous en refusez le principe, l'Etat d'Idaho poursuivra notre société pour n'avoir pas respecté le contrat qui stipule que des analyses préliminaires du milieu sont indispensables. Si vous commencez les travaux sans attendre le feu vert d'un spécialiste, vous prenez la responsabilité de plonger la Cascade Associés dans l'illégalité absolue, je le répète.

— Vous connaissez votre métier, grommela-t-il. Je pourrais entreprendre l'exploitation des bois sans tenir compte de toutes ces simagrées, mais vous seriez trop contente que je sois pris en...

— Là n'est pas le problème ! coupa Emily sèchement. Mes sentiments n'entrent pas en ligne de compte. De toute façon, vous n'auriez aucun intérêt à agir de la sorte. L'on vous supprimerait aussitôt toute forme de subvention. Vous n'y auriez rien

12

gagné alors que notre société y aurait perdu des millions.

— Vous avez peut-être raison, reconnut Dan en se passant la main dans les cheveux. Mon Dieu ! qu'il est pénible de travailler aux Etats-Unis ! Le moindre projet exige que des dizaines de spécialistes consacrent inutilement leur temps à analyser des choses que les hommes de terrain évaluent au premier coup d'œil. Quand il est évident qu'une forêt est arrivée à maturation, pourquoi retarder ainsi son exploitation ?

— Parce qu'il faut le faire dans des conditions très précises, expliqua Emily en s'efforçant de ne pas parler sur un ton trop doctoral. Pour préserver l'équilibre naturel, il ne faut pas intervenir à la légère, vous le savez aussi bien que moi. A la moindre erreur, tout l'environnement risque de dépérir, la faune et la flore sont gravement menacées...

— Aucun doute, vous connaissez bien votre leçon, docteur, l'interrompit Dan avec irritation. Mais cela ne nous dit pas si vous serez capable de supporter les conditions difficiles dans lesquelles on vit là-bas.

Emily se crispa imperceptiblement. Elle n'avait jamais eu l'occasion de réaliser un projet sur le terrain. Et cette première expérience promettait d'être dure ! Il lui faudrait accomplir d'interminables randonnées à pied dans un froid glacial, bivouaquer dans des refuges de fortune, et cela pendant trois longues semaines ! Le confort douillet de son appartement lui manquerait cruellement. Elle secoua la tête et reprit d'une voix lasse :

— Ce travail ne m'enchante guère, croyez-moi,

monsieur Wagner. Quand nous y mettons-nous ? Maintenant ou lundi ?

— Maintenant. Je n'ai aucune envie de devoir revenir ici. Regardons les dossiers ensemble, puisqu'il le faut !

La nuit avait chassé les dernières lueurs du couchant ; les lumières de San Francisco scintillaient de mille feux, reflétées par les eaux noires de la baie.

Emily jeta un coup d'œil à sa montre : il était près de neuf heures. Dan et elle remettaient en cause depuis près de quatre heures chacun des termes du projet sans qu'ils soient spontanément tombés d'accord une seule fois. Dan avait un mal fou à admettre que l'étude de la composition du sol, celle de l'érosion naturelle ou de la nature de la végétation soient indispensables. Ainsi Emily avait-elle dû travailler point après point pour emporter sa conviction.

— J'ai affreusement mal à la tête, déclara-t-elle enfin.

— Vraiment ? demanda Dan avec une gentillesse inattendue.

Emily s'adossa à son fauteuil avec un sourire fatigué.

— La semaine a été longue.

— Et je fais déborder la coupe, constata-t-il en se levant.

La jeune femme l'observa tandis qu'il s'étirait avec une souplesse, une élégance félines. Malgré le peu d'enthousiasme qu'il avait montré à se consacrer aux indispensables préliminaires théoriques, cet entretien n'avait pas été aussi pénible qu'on aurait pu le craindre. Il faut dire que Dan était

14

d'une telle intelligence qu'il avait assimilé les données qu'elle lui soumettait avec une rare perspicacité. N'eussent été ses réticences personnelles à tenir en compte ce genre de problèmes, cette séance de travail aurait duré dix fois moins longtemps ! Malheureusement, tous les efforts de la jeune femme à essayer de lui faire admettre le bien-fondé de ce qu'il appelait « des plaisanteries d'écologistes » étaient demeurés vains. Sans cette restriction, collaborer avec un homme aussi brillant aurait été un véritable plaisir. Entraient aussi en ligne de compte, pour corroborer ce pressentiment, le charme indéniable qui émanait de lui, la beauté insolite de ses traits mâles, la puissance athlétique de son corps... Mais la jeune femme n'était pas absolument consciente que ces atouts l'aidaient à considérer Dan Wagner comme un associé digne d'intérêt.

— A quoi pensez-vous, mademoiselle Stapleton ?

Emily rougit brusquement de s'être ainsi laissé surprendre en flagrant délit de rêverie.

— A rien de spécial, répondit-elle d'une voix qu'elle espérait assurée.

— Avant de nous quitter, il faut que nous réglions certains détails pratiques. A moi de jouer les professeurs, maintenant, poursuivit-il avec un petit sourire. Vous avez déjà marché en montagne ?

— Non.

— Décidément, je n'ai pas de chance, déclara-t-il à mi-voix, comme s'il s'était adressé à lui-même.

Emily l'observait avec appréhension. Où voulait-il en venir ?

— La montagne est dure avec ceux qui ne la connaissent pas, vous savez. Vous êtes sportive, au moins ?

— Oui, répondit-elle après un instant d'hésitation.

— C'est déjà un bon point. Parlons un peu de votre équipement. Il faudra vous munir du strict minimum afin de ne pas devoir porter pendant des dizaines de kilomètres une charge superflue.

Des dizaines de kilomètres ! Emily eut un frisson d'appréhension.

— Cependant, vous aurez besoin de vêtements extrêmement chauds et surtout, d'excellentes chaussures de randonnée. Je propose que nous nous donnions rendez-vous à la fin du mois, c'est-à-dire dans trois semaines. D'ici là, je vous conseille de vous entraîner sérieusement. Nous devrons franchir une distance de deux cents kilomètres dans les conditions les plus éprouvantes qui soient ; nous serons chargés comme des baudets, il fera horriblement froid et les sentiers — quand il y en aura ! — monteront impitoyablement. Vous allez souffrir, mademoiselle Stapleton, je ne vous le cache pas.

— N'insistez pas, je vous en prie. Ce serait de mauvais goût.

— En tout cas, je vous aurai prévenue. Une dernière chose : achetez du sérum antivenimeux. Il y a des vipères, là-bas.

— Quel paradis ! commenta la jeune femme sur un ton sarcastique.

— Vous pouvez encore renoncer à participer à cette expédition. Je suppose qu'une fois informé des conditions réelles qui vous attendent, votre directeur saura faire preuve de clémence.

— Il n'en est pas question ! s'exclama-t-elle avec feu.

— D'accord, d'accord... Tant pis pour vous et pour moi.

— Pour moi ? Que voulez-vous dire ?

— Que la perspective de porter les bagages d'une frêle jeune fille, ou la frêle jeune fille elle-même, pendant deux cents kilomètres, ne m'enchante guère !

Emily dut se retenir pour ne pas donner libre cours à sa colère. Mais cela n'aurait fait que rendre plus difficiles encore les circonstances de leur collaboration future. Elle se passa une main lasse sur le front.

— Vous avez faim ?

Décontenancée par cette question à brûle-pour-point, la jeune femme posa sur lui un regard éberlué.

— Faim ?

— Nous pourrions peut-être dîner ensemble, poursuivit-il d'une voix plus détendue. Il y a sans doute des choses que j'ai négligées de vous préciser. Ce serait une excellente occasion de le faire.

Sensible au changement d'attitude qui s'opérait en lui, Emily eut envie d'accepter.

— Mais je suis épuisée, protesta-t-elle sans conviction.

— Vous n'allez pas vous coucher avec le ventre vide, de toute façon. Laissez-vous tenter, cela ne durera pas trop longtemps.

Il lui adressait un sourire si désarmant que la jeune femme acquiesça d'un signe de la main. Le sourire de Dan s'élargit.

— Je rassemble mes affaires et je vous suis.

Consciente qu'il observait chacun de ses gestes, Emily rangea quelques dossiers dans sa serviette et enfila son manteau. Elle devait reconnaître en toute honnêteté que l'idée de dîner avec lui ne lui déplaisait pas le moins du monde. Pressentant qu'il savait se montrer le plus agréable des convives, ce projet l'enchantait même tout à fait.

Ce n'est pas raisonnable, songea-t-elle soudain. Nous nous connaissons à peine, nous ne sommes d'accord sur rien, et je me réjouis de passer la soirée avec lui !

Elle s'apprêtait à revenir sur sa décision quand il lui parut d'une importance fondamentale que des liens plus amicaux s'établissent entre elle et celui qui allait devenir son associé. Sans réfléchir à ce que ce prétexte avait d'illusoire, elle se dirigea vers la porte d'un pas déterminé.

— J'espère que vous vous préparerez plus vite quand nous serons en pleine nature, remarqua-t-il d'une voix ironique.

La belle humeur d'Emily s'évanouit aussitôt. Elle avait été folle d'espérer que cet homme pût être aimable en dehors d'un contexte professionnel. Elle eut envie de le planter là et déclara fermement :

— Si vous me parlez sur ce ton, je ne vois pas en quoi votre compagnie me serait utile, monsieur Wagner. Ne serait-ce que pour le temps d'un repas. Sur ce, bonne soirée !

Elle tourna les talons et allait monter dans l'ascenseur quand il la prit par le bras. Une lueur d'admiration brillait dans son regard.

— Décidément, vous n'êtes pas femme à vous laisser marcher sur les pieds, remarqua-t-il avec un sourire amusé. Si vous vous comportez de la sorte avec tous ceux qui vous importunent, félicitations, ma chère ! J'apprécie plus la franchise que n'importe quelle autre qualité. Vous ne devez pas avoir que des amis, mademoiselle Stapleton !

Sa voix trahissait une surprise sincère.

— Je ne suis guère diplomate, en effet.

18

— Je m'en rends compte.

Emily réprima un sourire.

— Merci du compliment, si c'en est un. Maintenant, gardez vos remarques pour vous jusqu'à ce que je sois en état d'y répondre calmement. D'accord ?

— D'accord, docteur, fit Dan en prenant la jeune femme par le bras.

Alors qu'ils se dirigeaient en silence vers le restaurant, Dan dut faire un gros effort sur lui-même pour ne pas dévisager sa compagne avec trop d'insistance. Ils pénétrèrent en silence dans l'établissement et s'installèrent à une table un peu retirée. Dans la lumière diffuse qui régnait dans la salle, le friselis doré qui auréolait le visage de la jeune femme la nimbait d'un doux halo. Il émanait d'elle une telle douceur que Dan se sentit honteux de la brusquerie avec laquelle il s'était adressé à elle quelques minutes auparavant. Mais pourquoi le hasard les mettait-il en présence l'un de l'autre en des circonstances aussi pénibles ? Les exigences de la Cascade Associés le mettait dans une situation impossible. Accompagner cette délicate jeune femme dans les territoires inexplorés de l'Idaho représentait une gageure insensée. Elle n'aurait jamais la force de mener à bien son travail. Et c'était à lui d'assister à ce désastre ! D'y collaborer, même !

— Vous avez déjà été en forêt ?

— Si Golden Gate vous paraît être une forêt, oui.

Il aimait cette forme d'humour sans complaisance qui convenait si bien à sa personnalité. Mais pourquoi ne pouvait-il s'empêcher de dresser la liste de ce qu'il aimait ou n'aimait pas en elle ? Elle

19

allait pourtant devenir un affreux casse-tête pour lui dès qu'ils seraient dans la montagne.

— Vous êtes biologiste. Je m'imaginais que tous les biologistes avaient un faible pour les espaces inviolés et y passaient tout leur temps.

— Jusqu'à présent, mes travaux ont toujours été effectués dans des lieux civilisés.

La déclaration était mal choisie. Le visage de Dan se durcit immédiatement.

— Si je comprends bien, vous ne connaissez rien de la nature. Mais pourquoi vous ont-ils sélectionnée, vous ?

Emily ne put s'empêcher de sourire. Il faut dire que la situation était un peu cocasse. Alors que la plupart de ses collègues s'étaient longuement familiarisés avec les sites les plus invraisemblables, l'on chargeait de cette mission périlleuse une parfaite novice...

Dan secoua la tête d'un air lugubre.

— Vous risquez de m'encombrer encore plus que je ne le croyais. Comment diable pouvez-vous supposer que, sans la moindre expérience, vous allez découvrir du premier coup la matière nécessaire à vos analyses ? Vous n'avez jamais vu un arbre ni une montagne de près. J'ai l'impression de rêver !

Réfrénant son exaspération, Emily plongea son regard dans le sien.

— Ma tâche consiste à recueillir sur le terrain toutes les informations nécessaires à la rédaction d'un projet d'exploitation. Ne me dites pas que de simples prélèvements exigent une grande érudition. Je n'en tirerai aucune conclusion immédiate, de toute façon. Des laboratoires sont chargés de ce travail. Le mien est de fournir la matière brute.

Elle se défendait bien, mieux qu'aucune femme que Dan ait jamais rencontrée. Il s'apprêtait à répondre quand une serveuse leur apporta leur dîner. Emily se pencha sur son assiette d'un air affreusement las.

— Si nous reparlions du matériel à ne pas oublier ? Hormis les chaussures, que voyez-vous d'important à ajouter ?

— Je me permets d'insister sur la qualité des chaussures que vous devez choisir, précisément. Si elles ne sont pas d'excellente qualité, vous risquez fort de souffrir dès les premiers kilomètres. J'ai envie de prendre la mesure de votre pied afin de vous en faire faire à votre taille.

— D'accord. Mais je n'aurais jamais cru qu'un tel détail puisse avoir autant d'importance.

— Faites-moi confiance, je vous en prie.

Emily réprima un sourire. Tout bourru qu'il soit, Dan se montrait plein d'attentions, même si c'était dans son propre intérêt.

— Quand vous avez quinze kilos d'équipement sur le dos, il vaut mieux être bien chaussé, ajouta-t-il en se levant et en jetant quelques billets sur la table. Comme je vous l'ai déjà dit, je n'ai pas la moindre intention de vous porter sur mon dos, ni à l'aller ni au retour. Accompagnez-moi dans ma chambre d'hôtel, j'ai là du papier millimétré pour faire le dessin de vos pieds.

Emily se leva à son tour, amusée à l'idée qu'il l'invitait dans sa chambre dans le seul but de l'équiper de chaussures de montagne correctes. Cet homme lui réservait décidément bien des surprises !

Quand ils sortirent du restaurant, il prit son bras sous le sien et la guida jusqu'à son hôtel. En pénétrant dans la cabine de l'ascenseur, son corps frôla le sien, et elle en ressentit un frisson de plaisir.

— Asseyez-vous ; je suis à vous tout de suite, déclara-t-il en ouvrant la porte de la pièce.

Emily obéit et le regarda sortir un grand cahier et un crayon de ses bagages. Il s'agenouilla devant elle et leva les yeux.

— D'abord, enfilez ceci.

Il s'était redressé et avait saisi sur la commode une paire de grosses chaussettes de laine.

— Pour quoi faire ? demanda Emily qui se penchait déjà pour ôter ses chaussures à hauts talons.

— Il faut toujours porter une bonne épaisseur de laine pour se protéger du frottement incessant du cuir, répondit-il patiemment.

Obéissante, elle se baissa en s'efforçant d'ignorer l'intensité des yeux bleus qui la contemplaient. Avec ses gestes maladroits pour faire glisser les chaussettes, elle avait l'air d'une enfant, une enfant qui avait de bien jolies jambes. Mais cela, il l'avait su du premier coup d'œil.

Emily se rejeta en arrière et se mit à rire en considérant ses pieds.

— Voilà, fit-elle. Je dois dire que ce n'est pas de la dernière mode !

Dan rit à son tour. Qu'une jeune femme aussi élégante puisse ainsi plaisanter avec autant de bonne humeur était bien agréable. Il ouvrit le cahier et le glissa sous le pied d'Emily. Puis avec son crayon, il en traça le contour.

— Vous aimez rire n'est-ce pas ?

— Bien sûr, comme tout le monde, je pense.

— Il arrive souvent que les belles jeunes femmes qui vivent dans le luxe soient d'une humeur plutôt morose.

Une lueur s'alluma dans les yeux de miel ambré d'Emily.

— Ce n'est pas parce que j'ignore tout du monde qui est le vôtre que je suis incapable de rire ou d'aimer la vie, monsieur Wagner.

— Excusez-moi, mademoiselle Stapleton, répondit-il d'une voix moqueuse.

Sur ces mots, il riva son regard au sien et effleura d'un doigt léger le contour ferme de son mollet.

— Vous êtes plus sportive que vous ne le prétendez, déclara-t-il crûment. Après tout, il y a peut-être de l'espoir.

Emily rougit et serra les lèvres. La main qui glissait sur son bas la brûlait comme un fer rouge. Elle avait envie de s'échapper et, en même temps, elle désirait qu'il continue sa caresse. Prise entre ces sentiments contradictoires, elle ne savait plus que faire.

— Vous faites de la danse ? demanda-t-il comme si de rien n'était.

— Oui, trois fois par semaine, répondit-elle machinalement.

— Ma petite citadine cherche à garder la forme ?

Cette raillerie avait été prononcée d'une voix si gentille qu'il semblait à présent qu'une soudaine complicité régnait entre eux.

— Vous ne paraissez guère apprécier les gens des villes.

— Qu'est-ce qui vous le fait croire ? grommela Dan en refermant son cahier.

— Vos commentaires sur l'incompétence des citadins dès qu'ils se retrouvent en pleine montagne. La façon dont vous vous moquez de mes efforts pour rester un tant soit peu sportive malgré les heures que je passe dans un bureau quotidiennement.

— Mais je vous félicite d'agir ainsi, au contraire ! Il faut que vous me pardonniez ce travers, Emily. La plupart de mes amis vivent au contact permanent de la nature, et je n'ai pas l'habitude de voir une femme dont les mains sont aussi douces que la soie parce qu'elle ne les a pas durcies en grimpant sur des rochers ou en coupant du bois...

De manière inattendue, Emily éprouva brusquement un sentiment de honte de mener une existence si préservée.

— Vous nous considérez, moi et mes semblables, comme des êtres faibles, futiles et paresseux, n'est-ce pas ?

— C'était mon avis jusqu'à aujourd'hui, reconnut-il en l'enveloppant d'un regard étrange. Mais vous avez si peu l'air d'une faible femme que je suis prêt à remettre en question mes convictions, conclut-il avec un sourire.

Pourquoi l'opinion de cet homme lui importait-elle donc tant ?

— J'ajouterais même que vous avez un sacré caractère, reprit-il soudain. J'ai rarement rencontré des femmes qui soient capables de me tenir tête avec autant d'aplomb.

Décidément, la modestie ne l'étouffait pas. Mais en réalité, au lieu de ressembler à des propos dictés par une insupportable forfanterie, cette remarque avait paru jaillir spontanément de sa bouche, comme l'expression sincère de ses sentiments profonds. Dan Wagner était un être différent des autres, et il faudrait qu'Emily s'habitue à cette franchise surprenante qui le caractérisait.

Etonnée de ne pas répondre avec virulence à

cette déclaration, Emily ôta enfin les chaussettes qu'il lui avait prêtées et les lui tendit. Leurs mains se frôlèrent, et ce contact soudain fit naître en la jeune femme un trouble extrême.

— Vous prétendez que j'ai du caractère, soit, reprit-elle pour cacher son émotion. Mais qui vous dit que je ne me comporterai pas de manière odieuse dès que l'expédition aura commencé ?

— Si tel est le cas, c'est que vous n'aurez pas réussi à vous adapter aux conditions difficiles de la randonnée. Vous renoncerez alors de vous-même à mener à bien ce projet.

— A vous entendre, l'on croirait que je vais abandonner à la première épreuve, s'exclama-t-elle d'une voix vibrante d'indignation. Au risque de vous décevoir, je vous jure qu'il n'en sera rien.

Ses yeux brillaient de défi et Dan l'observa avec une admiration contenue.

— Nous verrons bien, déclara-t-il en se levant. Venez, je vais vous conduire à votre voiture.

— C'est inutile. Je saurai me débrouiller toute seule. Ici comme ailleurs.

A peine avait-elle achevé sa phrase que Dan posa les mains sur ses épaules. Le cœur d'Emily se mit à battre follement. Leurs regards se croisèrent.

— Ne vous croyez pas plus forte que vous ne l'êtes ! commença-t-il d'une voix douce. C'est dans la forêt que vous saurez ce que vous valez, et avant peu de temps, je le saurai aussi.

Il ne l'avait pas relâchée, et Emily sentait le trouble croître en elle de se retrouver si proche de lui.

— Ne protestez pas ; je vous reconduis, continua-t-il avec une courtoisie inattendue.

Il retira ses mains et la prit par le bras. Emily se

laissait faire sans mot dire. Il y avait quelque chose dans son comportement qui empêchait toute résistance. Tandis qu'ils marchaient dans la rue sombre, elle lui jeta un coup d'œil furtif. Une expression indéchiffrable se peignait sur son visage, mais elle eut l'impression qu'il se tenait à l'affût et qu'elle était la proie qu'il guettait...

En arrivant au bureau, le mardi matin, Emily aperçut un paquet posé sur sa table. Une étiquette où s'inscrivait en rouge le mot « urgent » y était collée.

Elle le contempla d'un air perplexe en enfilant sa blouse blanche sur sa robe de lin crème. A ce moment, Betty surgit dans la pièce.

— Le paquet vient juste d'arriver, docteur Stapleton. Je me demande ce qu'il peut contenir.

Debout à côté du bureau d'Emily, elle attendait avec un sourire d'impatience que le secret soit levé. Le nom de l'expéditeur n'était pas mentionné, et l'adresse avait été écrite à grands jambages presque illisibles sur le papier d'emballage.

— Le timbre de la poste indique Challis, dans l'Idaho, fit Emily avec un petit rire.

— Ce doit être le séduisant Dan Wagner qui l'envoie. Ouvrez-le vite, c'est peut-être un cadeau. Comme ce serait gentil !

Emily déchira le papier tout en sachant que Betty allait être déçue. Sur la boîte reposait une lettre soigneusement pliée que la jeune femme laissa de côté pour l'instant. Elle souleva le couvercle : une superbe paire de chaussures de montagne apparut !

La déception se lut sur le visage de Betty.

— Des chaussures ! Est-ce là une manière de se montrer agréable ?

— Cela m'étonnerait, fit Emily avec un sourire. Nous avons longuement discuté, vendredi soir. Et il m'a clairement fait comprendre qu'il n'avait pas l'intention de m'aider à marcher, quelle que soit la difficulté des sentiers que nous devrons emprunter. Dans trois semaines, ce présent me sera peut-être très utile.

Betty eut un regard de dédain pour les chaussures avant de s'en aller.

— Quel dommage ! Il paraissait si séduisant ; il faut croire que ce n'est pas le genre d'homme à envoyer des fleurs à une femme.

Restée seule, Emily déplia la feuille blanche. La hâte de lire rendait ses gestes maladroits.

La missive était courte.

« Docteur,

« Ces chaussures de montagne sont indignes de votre élégance, mais elles vous seront indispensables. Entraînez-vous à marcher chaque jour avec, et n'oubliez pas d'enfiler de grosses chaussettes de laine pour ne pas avoir les pieds en sang !

D. W. »

Emily fut à la fois déçue et amusée par le ton de son correspondant. Dan Wagner avait de la suite dans les idées ! Il avait un sens pratique terriblement développé, mais il savait aussi se montrer aussi caustique que du vinaigre. En tout cas, il ne semblait pas homme à se laisser attendrir. Dans la montagne, il ne porterait secours à sa compagne qu'en situation d'extrême nécessité. Ces précautions préliminaires, les conseils qu'il lui prodiguait, le laissaient clairement entendre. Emily ne devrait compter que sur elle seule si elle éprouvait des difficultés à le suivre.

Galvanisée par le défi implicite qu'il lui lançait, la jeune femme se sentit soudain impatiente que la grande aventure commence...

Ses longues jambes négligemment croisées, Doug Adams considérait Emily avec un sourire amusé.

— Prête à affronter les mystères de l'Idaho ?

Emily fit la moue et repassa rapidement dans sa tête les dernières courses qu'elle avait à faire avant d'attraper l'avion qui l'emmènerait à Challis.

— Je l'espère, Doug. Pour être sincère, j'appréhende un peu de devoir traverser d'immenses forêts pendant des jours et des jours. Et puis j'ai peur que Cherry ait du mal à me remplacer. Ce travail est tout nouveau pour elle. Saura-t-elle y faire face de manière satisfaisante ?

— Vous ne cesserez donc jamais de vous faire du souci ! fit Doug avec un hochement de tête réprobateur. Détendez-vous, Emily, et ne pensez plus qu'à vous-même. Vous allez rencontrer suffisamment de difficultés en travaillant avec Wagner. Vous a-t-il donné de ses nouvelles récemment ?

Un sourire moqueur se dessina sur les lèvres de la jeune femme.

— Depuis trois semaines, nous échangeons quotidiennement des notes concernant la préparation de cette randonnée. M. Wagner se montre d'une méfiance infinie. Il n'a qu'une confiance limitée à l'égard des biologistes, dont il trouve les occupations parfaitement oiseuses.

— Ne vous laissez pas faire, Emily, rétorqua Doug en se levant. Défendez-vous courageusement contre lui. Wagner est un remarquable organisateur, et probablement le meilleur spécialiste des forêts de l'Etat d'Idaho. Arrangez-vous pour vous mesurer avec lui quand vous serez sûre de votre coup.

Le regard d'Emily se mit à briller d'amusement.

— J'ai l'impression de partir à la rencontre d'un cheval sauvage dont on ne pourrait deviner s'il acceptera ou non de se laisser dompter. Je vais peut-être recevoir des coups, Dug. J'espère qu'alors, lors, vous saurez me témoigner votre sympathie !

2

Tandis que le petit avion s'apprêtait à atterrir sur la piste étroite de Challis, le cœur d'Emily se mit à battre plus vite dans sa poitrine. Depuis la correspondance qui avait eu lieu à Boise, le vol avait offert un véritable régal pour les yeux. A plus de deux mille mètres d'altitude, la chaîne des montagnes de Salmon River se découpait dans l'azur bleu du ciel, superbe avec ses crêtes acérées et les immenses forêts qui la recouvraient tout entière.

Cependant, malgré la beauté du spectacle, Emily demeurait soucieuse, incapable d'oublier qu'elle se retrouverait en présence de Dan Wagner d'ici une heure à peine. Comment se dérouleraient leurs retrouvailles ? Isolée dans cette nature sauvage et austère, la jeune femme craignait un peu de perdre contenance à l'idée des jours et des jours qu'il leur faudrait passer ensemble. Mais ces vagues d'appréhension ne parvenaient à éteindre tout à fait l'impatience qui brûlait en elle de prouver enfin l'étendue de ses capacités.

L'avion se posa sur la piste mal goudronnée et

Emily sortit de l'appareil en se cachant les yeux, aveuglée par l'éblouissant soleil de midi. Un vent frais soulevait sa chevelure ; malgré le soin qu'elle avait mis à la nouer, des mèches folles s'échappaient de son chignon. Vivifiée par cet air pur qui lui fouettait le sang, elle s'empara de ses valises avec détermination et se mit à marcher vers le hall d'accueil.

La jeune femme cherchait Dan Wagner du regard quand soudain, une main ferme s'empara de l'une de ses valises.

Surprise, Emily se retourna et reconnut son compagnon. Il ne ressemblait guère à l'homme qu'elle avait rencontré un mois auparavant. Décoiffé par le vent, il portait un pantalon en velours sombre et un pull-over d'une élégance sportive et décontractée qui lui allait très bien, mettant en valeur la ligne élancée de sa silhouette. Le magnétisme qui émanait de lui la frappa de plein fouet, et elle le contempla sans mot dire.

— Bonjour, mademoiselle Stapleton. J'espère que vous avez fait bon voyage, déclara-t-il avec un chaleureux sourire.

Il paraissait très heureux de la voir, et la jeune femme en fut secrètement flattée.

Il la prit par le bras, et tous deux se dirigèrent vers la vieille Jeep poussiéreuse qui lui appartenait.

Dan, lui aussi, trouvait que la jeune femme était différente que lors de leur première entrevue. Ses vêtements de sport épousaient son corps comme une seconde peau, elle était très séduisante, ainsi débarrassée de l'apparat qu'une vie citadine impose.

Brisée par le vent qui soufflait des montagnes, Emily se sentait étrangement dépaysée, mais cette impression ne lui déplaisait pas. La présence de Dan à ses côtés lui inspirait une telle confiance qu'elle n'avait plus peur de l'aventure qui les attendait. Au contraire, elle brûlait d'affronter enfin les périls qu'il lui avait si longuement décrits dans les quelques lettres qu'ils avaient échangées.

— Vous aimez ce décor ? demanda-t-il soudain en désignant l'horizon d'un grand geste de la main.

— C'est superbe, vraiment, répondit-elle avec un enthousiasme sincère.

— J'espère que vous n'aurez pas l'occasion d'être déçue. Les montagnes sont belles, mais elles sont dures pour ceux qui s'y risquent. Surtout s'ils présument de leurs forces et oublient de respecter les règles élémentaires de la prudence, conclut-il d'une voix sentencieuse.

A qui cet avertissement s'adressait-il ? A elle personnellement ?

J'espère qu'il ne va pas me traiter comme une élève débutante pendant trois semaines, songea Emily en son for intérieur. Ce serait insupportable !

— Montez et accrochez-vous. La promenade ne va pas être de tout repos.

La jeune femme fit taire les protestations qui se levaient en elle. Non, il n'avait pas changé d'un pouce. Il se montrait aussi autoritaire qu'elle l'avait craint. Et dire qu'un instant, elle avait cru qu'ils pourraient s'entendre comme deux associés à égalité devant une tâche à accomplir !

— Attachez votre ceinture, ordonna-t-il.

— Mais pourquoi ? se défendit Emily.

Dan lui lança un regard sévère.

— Vous révélez déjà votre ignorance, docteur !

L'irritation gagnait progressivement Emily.

— Je n'apprécie pas que l'on me considère

comme une enfant incapable, souvenez-vous-en, monsieur Wagner.

— Loin de moi cette idée! Mais si vous ne vous rendez pas compte par vous-même que les routes de montagne sont dangereuses, je suis bien obligé de vous l'apprendre, n'est-ce pas?

Emily serra les poings de colère. Ils n'étaient pas ensemble depuis plus d'un quart d'heure qu'ils en étaient déjà à se disputer! Cherchant à calmer l'énervement qui menaçait de gâcher ce premier contact, elle murmura :

— D'accord, d'accord... Expliquez-moi donc pourquoi cette région vous semble si périlleuse.

Il montra du doigt le massif montagneux vers lequel ils se dirigeaient. On pouvait distinguer un ruban de route poussiéreuse qui montait en lacets à travers la forêt et disparaissait de l'autre côté de la crête.

— Regardez, c'est là que nous allons passer. La route est infecte, pleine de trous et d'embûches. Il y a un nombre incroyable d'accidents dans ce coin.

Emily sentit une inquiétude sourde grandir en elle.

— Vraiment?

— Puisque je vous le dis! Il ne se passe pas de jour sans que l'on vienne secourir des touristes imprudents! Ma démonstration vous a-t-elle suffi? demanda-t-il en se tournant vers la jeune femme.

— Elle m'a amplement convaincue, reconnut Emily en hochant la tête.

Elle s'enfonça dans le siège et d'une main ferme, agrippa la poignée installée au-dessus de la porte. Heureusement, Dan conduisait à une allure d'escargot, négociant chaque virage avec mille précautions, évitant les ornières et les nids de poule avec savoir-faire et aisance. Il se taisait, à présent, le regard rivé devant lui, le visage crispé par l'attention. Malgré le caractère désolé du paysage, l'infinie tristesse qu'inspirait cette route ravagée par les intempéries, Emily n'éprouvait aucune frayeur de traverser des contrées si arides, rassurée par la présence de Dan à ses côtés, par sa vigilance extrême.

— Ne vous inquiétez pas, déclara-t-il soudain, comme s'il avait lu dans ses pensées. La forêt sera plus belle quand nous arriverons aux sommets.

— Tant mieux. C'est un peu triste, ici. Au fait, combien vous dois-je pour les chaussures que vous m'avez envoyées ?

— Rien, voyons ! C'était un cadeau.

— Il n'y a pas de raison, balbutia Emily qui ne tenait pas à lui devoir quoi que ce soit.

— La raison n'intervient nullement dans cette histoire. Ne discutez pas, je vous en prie. Ce geste m'a fait plaisir, c'est tout.

Il lui jeta un regard en biais.

— Mais vous ne voulez rien accepter de moi qui ne soit payé en retour, n'est-ce pas ?

Sa remarque tombait si juste qu'Emily en resta bouche bée d'étonnement.

— A mon avis, les femmes modernes partagent toutes ce travers de mettre un point d'honneur à conserver une autonomie absolue. Cette fierté les incite à veiller aux moindres détails qui ne respecteraient pas cet idéal et à leur déclarer une guerre injustifiée. Vous allez me dire que j'exagère dans mon interprétation. Mais non ! Je lis dans vos yeux que ce présent vous paraît déplacé, voire compromettant pour votre liberté future vis-à-vis de moi.

Sur ces mots, il éclata de rire.

— Pardonnez-moi, je divague complètement. Sans doute est-ce le plaisir de partager votre compagnie.

Gagnée par sa gaieté, Emily se mit à rire à son tour, ravie qu'une atmosphère de complicité parvienne enfin à s'établir entre eux. En réalité, elle n'avait guère l'habitude de vivre des relations tendues avec les gens qu'elle fréquentait. D'un naturel plutôt sociable, il lui était difficile de s'accoutumer au caractère changeant de Dan. De surcroît, ses amis la considéraient d'ordinaire comme une personne dont la compétence professionnelle en imposait quelque peu. De sorte que les conseils dont il ne cessait de l'entourer, comme si elle avait été incapable de se débrouiller seule, la déroutaient prodigieusement. Pour la première fois, elle se sentait terriblement impressionnée par un homme.

Il est normal que je me retrouve en position d'infériorité, pensa-t-elle pour se rassurer. Je n'ai jamais vécu d'expérience de ce genre.

Sans s'en rendre compte, elle s'agita sur son siège. Il fallait réagir, faire en sorte que la situation évolue à son avantage. Emily imaginait mal de se laisser dicter sa conduite pendant trois interminables semaines. Mais cet état de fait devrait se modifier en douceur. Une rébellion ouverte n'aurait servi à rien, sinon à envenimer leurs relations. A elle d'imposer sa compétence de manière à forcer le respect de son compagnon.

— Vous avez toujours habité dans la région ?

Ils étaient arrivés sur la ligne de crête et commençaient à descendre l'autre versant de la montagne.

— Je suis né près d'ici.

— Où, exactement ?

— A Salmon, dans l'Idaho. C'est une petite ville au nord-ouest de Challis.

— Alors, vous êtes un montagnard ?

— C'est exact.

— Et vous travaillez dans la forêt par goût ou par nécessité ?

— Comment pourrais-je exercer un métier qui ne conviendrait pas à mes aspirations ? Par goût, voyons ! J'ai toujours vécu très près de la nature, et je ne me suis jamais beaucoup éloigné de la région. Pourquoi ?

— Simple curiosité.

Le regard bleu foncé de Dan se posa sur elle.

— Maintenant que votre interrogatoire est fini, me permettrez-vous de vous poser, à mon tour, quelques questions ?

— Bien entendu, répondit Emily, ravie qu'il entre aussi spontanément dans son jeu.

S'ils en savaient plus l'un sur l'autre, peut-être parviendraient-ils à découvrir un solide terrain d'entente.

Mais Dan demeurait silencieux, brusquement conscient qu'un éboulement avait eu lieu au milieu de la route. S'ils avaient roulé plus vite, ces quelques pierres surgissant au détour d'un virage auraient provoqué un terrible accident !

— Y a-t-il un homme dans votre vie ? reprit-il enfin.

Les yeux ambrés d'Emily s'agrandirent d'étonnement.

— Je...

— Soyez franche. Moi, j'ai parlé sans restriction.

— J'ai eu la délicatesse de ne pas formuler des questions trop personnelles, monsieur Wagner.

36

Il eut un sourire moqueur.

— Oui, mais vous avez accepté de me répondre sans y ajouter de conditions particulières. Alors...

— C'est vrai, mais...

— Ne tergiversez pas. Je vous écoute.

En quoi cela le concernait-il? Emily hésita un instant, puis déclara :

— Non. Vous devez être satisfait, monsieur Wagner, songea-t-elle en remarquant le sourire qui éclairait son visage. Nous jouons au chat et à la souris et, bien entendu, c'est moi qui tient le mauvais rôle !

— Etes-vous divorcée? Avez-vous des enfants? poursuivit-il sans vergogne.

— Quelle outrecuidance ! Vous profitez de ma crédulité !

— Et vous, vous essayez une nouvelle fois de vous dérober.

Emily était furieuse qu'il aborde des points aussi douloureux de sa vie privée avec une telle désinvolture. Mais il était difficile de se taire. Après tout, ils s'apprêtaient à passer trois semaines ensemble... Sans doute était-il naturel que Dan cherche à se faire une opinion précise de son associée. Elle poussa donc un soupir de résignation et répondit :

— Je suis divorcée, et je n'ai pas d'enfants. Vous êtes content ?

— J'aimerais bien que vous me donniez quelques détails supplémentaires.

— Votre indiscrétion n'a pas de limites. J'aurais vraiment dû me méfier.

Le sourire de Dan s'élargit.

— N'exagérez pas, docteur Stapleton. Ma curiosité n'a rien que de très normal. N'allez pas imaginer que je veuille forcer votre intimité. Si vous n'avez pas envie de me raconter quoi que ce soit, je ne m'en formaliserai pas.

— Merci de votre générosité, répondit-elle sèchement.

Cette conversation lui inspirait une gêne grandissante. Pour qui se prenait-il d'oser la traiter de manière si cavalière ?

— Après tout, je ne suis qu'un simple montagnard. Vous avez le droit de penser que je suis indigne de vos confidences.

Quelle façon malhonnête de détourner le sens du débat ! Si elle ne s'ouvrait pas à lui, après cette remarque, Dan attribuerait son silence à un quelconque mépris vis-à-vis de ceux qui n'appartenaient pas au même monde que le sien. Il était réellement très habile !

Ou peut-être souffre-t-il secrètement de devoir affronter une femme plus diplômée que lui ? se dit-elle brusquement. Non, ce n'est pas son genre.

Etonnée par la réaction disproportionnée de la jeune femme, Dan s'en voulait d'avoir poussé trop loin son enquête. Les lèvres serrées, les joues pâles d'émotion, Emily regardait obstinément devant elle. Il eut envie de lui serrer la main, mais renonça à son impulsion, certain que sa compagne interpréterait ce geste en mauvaise part. Quel dommage qu'il soit si maladroit à lui faire comprendre l'intérêt qu'il portait à son passé n'avait rien de répréhensible ! Emily était si charmante, si séduisante qu'il aurait aimé découvrir le moyen de s'entendre bien avec elle sans que d'incessantes querelles à propos de sujets insignifiants ne viennent perturber leur conversation.

Ils traversaient maintenant une zone de plateaux, et la jeune femme s'étonnait à tout instant du paysage superbe qui s'offrait à son regard. Après les territoires désolés, austères et ravagés par les intempéries qu'ils avaient parcourus auparavant, ces forêts verdoyantes, ces pâturages riches et accueillants semblaient comme miraculés par une nature bienveillante. Inspirée par la douceur apaisante qui régnait autour d'elle, Emily eut envie d'établir une trêve avec son compagnon et se tourna vers lui en souriant.

— Vous n'êtes plus fâchée contre moi ? demanda-t-il à voix basse .

La jeune femme hocha la tête.

— Comment nourrir de la rancœur dans un site aussi merveilleux ? L'on dirait qu'une instance supérieure a tout fait pour que l'homme vive heureux, ici. Je suis étonnée, d'ailleurs, de ne pas rencontrer davantage de petits villages. Nous n'avons croisé qu'un seul hameau, jusqu'à présent ; et encore, il n'était composé que de quatre ou cinq maisons. Il faut être fou pour préférer Challis à ce paradis !

— Mon Dieu ! que vous êtes naïve ! A votre avis, c'est par pure négligence que les gens s'installeraient dans la vallée plutôt que dans les hauteurs ? Réfléchissez un peu, je vous en conjure !

La colère et l'humiliation envahirent aussitôt la jeune femme. Ce cessez-le-feu n'avait duré que le temps d'un rêve. Il était rigoureusement impossible d'établir des relations amicales avec Dan Wagner. Trop imbu de lui-même, de son expérience de la région, il n'avait pas l'intelligence d'admettre que d'autres puissent avoir connu des formes différentes d'enrichissement.

— Vous êtes incapable de vous exprimer autrement que sur le mode du mépris, répondit-elle sur un ton extrêmement las. Comment expliquer ce travers ? Vos semblables vous inspirent donc si peu confiance que vous les écrasez aussi obstinément ?

— Excusez-moi, Emily. Je suis sincèrement désolé de cet éclat ridicule. Mais je vis depuis si longtemps dans la montagne qu'il m'est difficile d'apprécier à quel point elle peut être énigmatique pour les autres. A vous écouter, j'ai eu l'impression que vous méprisiez mes semblables de ne pas habiter dans cet endroit qui vous paraît si beau. S'ils ne le font pas, c'est tout simplement que les voies d'accès qui y mènent sont coupées pendant une grande partie de l'hiver, qu'il y fait affreusement froid et qu'il n'y a pas de travail à moins de trente kilomètres à la ronde. Là est surtout le véritable motif, en fait. Seuls les bergers montent jusqu'ici avec leurs troupeaux et y restent tout l'été, car l'herbe y est abondante et d'excellente qualité. Voilà, conclut-il avec un sourire timide. Vous voulez bien me pardonner, à présent ?

La situation tournait au vaudeville. Leur conversation était rythmée par des querelles auxquelles succédaient inévitablement de brèves périodes de repentir et d'apaisement. Se pourrait-il qu'une entente sans nuage règne enfin entre eux ? Il fallait le souhaiter... Sinon leur collaboration deviendrait vite irrespirable, et Emily regagnerait la ville avant l'accomplissement de sa mission.

— Vous êtes si charmante, Emily, que je ne mérite pas la chance qui m'est donnée de travailler en votre compagnie.

Jouait-il la comédie dans l'espoir de l'attendrir ? La jeune femme lui jeta un coup d'œil furtif. Non, il paraissait sincère.

— Où voulez-vous en venir, Dan ?

40

— A rien de spécial. J'aimerais tant que nous arrivions à parler ensemble en toute tranquillité, sans la moindre arrière-pensée.

— Rien n'est plus simple, fit-elle doucement.

— Vraiment ? Même si je vous avoue mon désir d'en savoir un peu plus sur vous et votre vie passée ?

Emily eut un sursaut d'irritation, puis s'apaisa aussitôt. La rébellion constante ne s'était pas avérée une bonne tactique, jusqu'à présent. Dan avait raison. Il était préférable d'essayer de s'ouvrir l'un à l'autre, tout simplement, sans s'imaginer pour autant que leur liberté s'en trouverait compromise.

— Que souhaiteriez-vous connaître de moi, Dan ?

Il la remercia d'un sourire pour son acceptation tacite et demanda :

— Vous m'avez dit tout à l'heure que vous étiez divorcée. Combien de temps a duré votre mariage ?

— Cinq ans. Pour être honnête, il faut ajouter qu'il aurait pu ne durer que deux ans. C'eût été amplement suffisant.

— Vous aimez le célibat, Emily ?

— Assez, oui. Même si la solitude qu'il implique est parfois un peu dure.

— C'est juste, acquiesça-t-il d'un air grave.

Ainsi donc, ils pouvaient tomber d'accord sur un point ! Ravie par la complicité nouvelle qui s'instaurait progressivement entre eux, Emily s'adossa confortablement à son siège.

— Nous y sommes ! s'écria-t-il alors, rompant involontairement le charme.

Un groupe de bâtiments en matériaux préfabriqués se dressaient devant eux. Une épaisse poussière jaune collait aux murs, faisant paraître les locaux plus vétustes encore qu'ils n'étaient.

— Vous me suivez ? demanda Dan en ouvrant la portière de la jeune femme.

Leurs regards se croisèrent et Emily nota fugitivement qu'il la dévisageait avec une troublante attention. Plus émue qu'elle ne l'aurait voulu, elle fit quelques pas et remarqua la forêt superbe qui les entourait de toutes parts.

— J'ai l'impression que je vais me plaire, ici, déclara-t-elle à l'intention de son compagnon.

3

Bien que la nuit fût tombée depuis longtemps Emily et Dan travaillaient encore dans le bureau que l'on avait mis à leur disposition. D'immenses cartes du territoire qu'ils devraient explorer s'étalaient sur une table d'architecte, et Dan avait passé plusieurs heures à décrire précisément à sa compagne la réalité des lieux qu'elles représentaient.

— Il est près de onze heures, remarqua-t-il soudain en jetant un coup d'œil à sa montre.

Assise à ses côtés, Emily achevait de noter sur un carnet les précisions dont elle pourrait avoir besoin.

— Déjà ! C'est fou ce que les heures passent vite quand on poursuit un but intéressant.

Dan grommela d'une voix bougonne :

— Quel intérêt y a-t-il à préparer si soigneusement ce projet alors que nous ne sommes même pas sûrs d'obtenir les licences d'exploitation ? Nous venons peut-être de perdre un temps considérable, et cela ne vous offusque pas ?

Emily s'était levée et frottait son dos endolori par une trop longue station assise.

— Ce sont là des contraintes que nous devions absolument respecter. Pourquoi le prendrais-je en mauvaise part dès lors que je ne peux y échapper ?

— Vous êtes d'une patience angélique. Quant à moi, je n'ai jamais pu m'habituer aux tracasseries administratives.

— J'ai déjà cru le remarquer, renchérit la jeune femme avec un petit sourire.

— C'est cela, moquez-vous de moi !

Il semblait si furieux qu'Emily éclata de rire.

— Ne vous fâchez pas, nous affronterons bientôt les activités qui vous sont chères. Il vous reviendra alors de me tourner en ridicule !

— Loin de moi, cette idée, mademoiselle Stapleton, répondit-il en posant la main sur sa poitrine.

— Ne jouez pas les innocents, je vous en prie. Je n'ai aucune confiance en votre gentillesse, figurez-vous. A la moindre erreur de ma part, je suis convaincue que vous exercerez votre tyrannie de manière odieuse.

— Vous vous trompez du tout au tout, déclara-t-il en s'effaçant pour la laisser passer.

Le couloir était si étroit que leurs corps se frôlèrent imperceptiblement. Une brusque chaleur irradia Emily des pieds à la tête, elle eut un léger frisson...

— Vous avez froid ?

— Je tremble de froid, oui, mentit-elle en se sentant rougir.

Heureusement, l'excuse était plausible. Une bise glaciale soufflait des montagnes, et la jeune femme se félicita d'avoir acheté la veste doublée de fourrure qu'elle portait ce soir.

Chassés par le vent, les nuages avaient disparu, découvrant un ciel criblé d'étoiles qui scintillaient dans l'obscurité.

— C'est magnifique, chuchota Emily qui se tenait immobile comme une statue, fascinée par l'impressionnante démesure du spectacle qui l'entourait.

Gagné par l'émotion, Dan ne répondit rien. Comme la beauté ardente d'Emily convenait bien à ce site où il avait si souvent erré lors d'interminables randonnées solitaires ! Sa chevelure cendrée nimbait d'or son visage délicat, elle ressemblait à une déesse sortie de la légende pour ravir les hommes de son charme puissant. Il eut la tentation de tendre la main pour effleurer ses joues soyeuses mais réfréna ce geste, effrayé à l'idée de rompre la magie de ce sortilège. Absorbée par de mystérieuses méditations, la jeune femme demeurait immobile, perdue dans la contemplation de l'horizon sublime que formait, au loin, l'enfilade de montagnes effilées dont les lignes paraissaient se poursuivre jusqu'à l'infini.

— Où irons-nous, demain ? demanda-t-elle brusquement.

— Là-bas, répondit-il en désignant d'un geste ample, l'ensemble du paysage.

Emily eut un petit rire enjoué.

— Vous préférez garder le secret le plus longtemps possible, n'est-ce pas ? Pour accroître ma curiosité et me tenir en haleine ? Vous savez qu'à ce jeu-là, je risquerais de m'inquiéter par avance des difficultés qui m'attendent et profiter de la nuit pour m'échapper...

— Quelle imagination ! s'exclama-t-il gaiement.

Mais il est tard, ma petite fée, et il faut que vous soyez en pleine forme dès l'aube.

Emily fit une grimace.

— Vous êtes sûr qu'il soit nécessaire de commencer si tôt ?

La jeune femme savait fort bien que Dan avait raison, mais elle avait envie de le provoquer un peu pour voir si sa bonne humeur de ce soir s'étendait jusqu'aux questions concernant la discipline ascétique exigée par la randonnée.

Conscient de l'embûche qu'elle lui tendait, Dan ne s'y laissa pas prendre.

— Si vous êtes fatiguée, je vous laisserais dormir, bien entendu. Nous ne sommes pas au service militaire.

Décidément, j'ai l'impression de rêver, songea Emily avec un plaisir extrême. Où est passé l'homme intraitable qui s'est tenu à mes côtés pendant la moitié de la journée ?

— Je vais vous montrer votre chambre. Suivez-moi, poursuivit-il en la conduisant à l'intérieur du bâtiment qui abritait les logements des employés de la société.

D'un confort sommaire, la pièce était meublée du strict minimum. Mais Emily était si fatiguée, qu'après une longue douche brûlante, elle sombra aussitôt dans le sommeil, malgré l'état catastrophique du sommier.

Après avoir dormi d'une seule traite, la jeune femme eut un mal fou à dissiper les dernières brumes qui lui voilaient les yeux. Mais Dan l'avait prise par les épaules et la secouait vigoureusement.

— Emily, debout, il est l'heure !

Il avait longuement hésité avant d'oser interrompre ses rêves. Avec sa longue chevelure dorée éparpillée sur l'oreiller, son teint de porcelaine pure, et l'expression enfantine de son visage, Emily était si charmante qu'il aurait aimé la regarder ainsi pendant des heures. Les formes rondes de son corps souple et mince apparaissaient sous la couverture fine, faisant naître en lui un désir insoutenable. Malheureusement, la conscience aiguë de ce qui les guetterait s'il donnait libre cours à ses impulsions lui ôtait toute audace. L'espoir de marcher côte à côte pendant des semaines dans une atmosphère détendue et cordiale l'incitait à ne pas se plonger volontairement dans une situation épineuse où d'inévitables complications sentimentales menaceraient leur travail. Cependant, il ne vivait là que la première d'une longue série de matinées semblables, et la frustration qui l'habitait risquait fort d'empirer au fil des jours.

Mais Emily ouvrait enfin les yeux. Où se trouvait-elle ? Pourquoi cet homme se tenait-il à son chevet ? Mon Dieu ! Comme elle détestait ces réveils pénibles où la lucidité tardait tellement à lui revenir !

— Quelle heure est-il ? marmonna-t-elle d'une voix lugubre.

— Cinq heures et demie.

— Ce n'est pas possible, je viens juste de m'endormir.

Il ne put s'empêcher d'avancer une main timide et de caresser furtivement sa chevelure.

— Vous avez des cheveux magnifiques, Emily. Allez, debout, paresseuse ! J'ai préparé du café.

Un instant plus tard, elle avait enfilé un jean, une chemise bleue à longues manches, un gros pull-over et des bottes, et entrait dans la cuisine. Dans la lumière de l'aube, ses cheveux qu'elle n'avait pas encore coiffés et qui tombaient en cascades bouclées sur ses épaules, la faisaient davantage ressembler à une jeune fille de vingt ans qu'à la femme de vingt-neuf ans qu'elle était. De nouveau bouleversé par sa beauté, Dan dut se forcer pour observer un comportement normal.

— Servez-vous du café, Emily.

Elle obtempéra machinalement avant de se laisser tomber sur sa chaise. Elle avait l'impression de n'exister qu'à l'état de somnambule.

— Ouf! Va-t-il falloir se lever tous les jours d'aussi bonne heure?

— Vous vous y habituerez vite, n'ayez pas peur.

— Rien n'est moins sûr, figurez-vous! J'espère que le café va me tirer d'affaire pour aujourd'hui.

— Le café et le superbe petit déjeuner que j'ai préparé à votre intention...

Il fit glisser des œufs au bacon dans l'assiette de la jeune femme, rapprocha d'elle de grosses tartines beurrées, du fromage frais battu au sucre et un verre de jus d'orange.

— Jamais je ne pourrai avaler tout cela, protesta-t-elle à la vue de ce festin.

— Vous devriez pourtant essayer afin d'accumuler les forces nécessaires à une longue journée de marche, conseilla-t-il.

— Je vais prendre dix kilos, à ce régime insensé!

Il eut un sourire amusé.

— Bien sûr que non. Vous allez même maigrir, du moins pendant la première semaine.

Espérant qu'il disait vrai, Emily mordit à belles dents dans une tranche de pain grillé.

— Je n'ai pas l'habitude de déjeuner, le matin, confessa-t-elle entre deux bouchées.

— Oui, mais vous allez constater par vous-même

que, conformément à la légende, l'air de la montagne ouvre l'appétit. Comme nous sommes en altitude, il y a moins d'oxygène dans l'air, de sorte que l'organisme doit brûler davantage d'énergie pour maintenir l'équilibre. Il consomme les sucres en réserve, fabrique des globules rouges en grande quantité... Bref, tout cela est excellent pour la santé, à supposer, bien sûr, que l'on se nourrisse convenablement.

— La leçon est comprise, monsieur le professeur, répondit Emily en souriant.

Tout à fait réveillée, à présent, la jeune femme avait hâte de se lancer enfin dans la grande expédition qui les attendait.

Les premiers rayons de soleil levant éclairaient les cimes de leur lumière dorée. Ils venaient de se garer au pied de la montagne qu'il faudrait franchir aujourd'hui et dont la splendeur imposante impressionnait quelque peu Emily. Elle s'empara de son sac à dos, soigneusement préparé en compagnie de Dan, la veille au soir, et laça méticuleusement ses chaussures. La jeune femme n'était pas peu fière de pouvoir montrer à son compagnon qu'elle avait suivi ses conseils en s'entraînant chaque jour à marcher pendant dix kilomètres ainsi équipée. D'ailleurs, elle n'aurait qu'à se féliciter de cette initiative qui lui permettrait de ne pas souffrir des inévitables ampoules que provoquent des chaussures neuves.

— Regardez notre itinéraire, lança soudain Dan. Nous allons grimper jusqu'à deux mille huit cents mètres d'altitude, puis redescendre vers la vallée en passant par la forêt que nous devons analyser aujourd'hui. Vous êtes prête ?

— Absolument, oui.

Il l'aida à enfiler son sac à dos et l'ajusta avec un soin et une patience qui surprirent la jeune femme, vérifiant la longueur des bretelles et la bonne position de l'ensemble sur ses reins de manière que le poids soit bien équilibré. Puis, reculant d'un pas, il la considéra d'un œil critique.

— Vous vous sentez à l'aise ?

— Parfaitement à l'aise, répondit-elle en avançant de quelques mètres. Vous êtes sûr que ce sac pèse quinze kilos ? On ne le dirait vraiment pas.

— Vous allez comprendre dans quelques heures, promit-il en souriant. Penchez-vous... comme si vous attachiez votre lacet.

Bien qu'étonnée, Emily obéit sans commentaire. La ceinture cisailla son estomac, et elle se releva avec une grimace.

— C'est bien ce que je pensais, murmura-t-il en libérant légèrement la tension. Essayez de nouveau.

Cette fois, la tentative s'avéra satisfaisante.

— C'est très confortable, à présent.

— Maintenant que vous avez vu comment je règle un sac, souvenez-vous-en. Je ne suis pas prêt à recommencer la manœuvre, tous les jours.

Sur ces mots, il adapta son propre fardeau qui paraissait bien plus volumineux et plus lourd que le sien. Emily était trop impatiente d'entreprendre enfin cette randonnée pour relever le sarcasme de sa dernière remarque. Elle secoua sa belle chevelure blonde, nouée en queue de cheval haut sur sa tête, et guetta le moment du départ en trépignant sur place.

— Tenez, voici un cadeau pour vous, fit-il en lui tendant un serre-tête rouge.

— Merci. Mais pour quoi faire ?

— Mettez-le. Il absorbera votre transpiration et empêchera que la sueur ne coule dans vos yeux de manière désagréable.

— Merci beaucoup, Dan. C'est gentil de vous occuper ainsi de moi.

— On y va ? proposa-t-il quand Emily eut adapté le bandeau autour de sa tête.

La nature semblait ausi fraîche et neuve que si le monde venait de naître. L'herbe épaisse scintillait de milliers de petites gouttes de rosée qui mouillaient peu à peu le bas de leurs pantalons. Mais ils n'en avaient cure, trop absorbés par le rythme de leurs pas. Emily se réjouissait de ce que leur progression s'effectuât lentement. Cependant, au bout d'une heure, elle avait le souffle court et les muscles de ses jambes un peu raides. Mais pour rien au monde elle n'aurait voulu se plaindre, craignant trop que Dan ne se moque d'elle et ne l'accuse de retarder la randonnée !

Deux heures passèrent encore, au bout desquelles la jeune femme était fraîchement épuisée.

Quand Dan va-t-il donner le signal de la pause ? pensait-elle, affolée par son manque de résistance.

— Emily !

Elle tourna la tête, les yeux emplis d'espoir.

— Si nous nous arrêtions à l'ombre de ce rocher ? proposa-t-il.

Il le fait pour moi, se dit-elle en remarquant la sollicitude avec laquelle il s'était exprimé.

— Nous pouvons très bien continuer, déclara-t-elle bravement. Je n'ai pas l'intention de vous forcer à m'attendre.

— Je sais, dit-il en lui adressant un grand sourire. Mais il faut commencer doucement, sinon demain, vous ne pourriez plus démarrer. Enlevez vos chaussures, je vais surveiller l'état de vos pieds.

La jeune femme se laissa glisser avec plaisir sur le sol jonché d'aiguilles de pin qui le rendaient soyeux et accueillant. Elle ne cherchait plus à feindre une résistance supérieure à celle dont elle se sentait capable, convaincue, maintenant, qu'il ne voulait pas tirer avantage de la situation ou la blesser d'une quelconque manière. Bottes et chaussettes retirées, elle lui tendit ses pieds avec un sourire.

— J'ai de la chance, ils ne me font pas mal. Je vous dois une fière chandelle, vous savez.

— Quel mollet délicieux, fit-il en s'approchant.

Emily se sentit rougir et détourna son regard des yeux moqueurs qui plongeaient dans les siens. Mais le simple contact de sa main sur sa peau la troublait profondément. Le temps d'une seconde, elle eut envie de se jeter dans ses bras et de l'embrasser. Qu'il devait être bon de se laisser étreindre par un homme aussi séduisant !

— J'attends votre diagnostic, docteur, déclara-t-elle d'un ton léger en luttant contre la tentation.

— Tout va bien pour l'instant. Mais cela ne signifie rien pour l'avenir. Je veux qu'à chaque halte, vous vous déchaussiez afin que je vérifie si des ampoules ne sont pas en train de se former.

— Vous avez l'air de penser que ce serait là un accident particulièrement dramatique. J'ai déjà eu des ampoules, et je n'en suis pas morte pour autant.

— Heureusement ! répondit Dan avec un petit rire moqueur. Mais vous n'aviez pas trente ou quarante kilomètres à franchir par jour, n'est-ce pas ? Croyez-moi, si vous ne tenez pas à abandonner en route, vous avez tout intérêt à suivre mes conseils. N'oubliez pas que je ne suis pas prêt du tout à vous porter.

— Comment l'oublierais-je alors que vous me le répétez dix fois par jour ?

Bien qu'une certaine irritation perçât sous ses propos, Dan n'y prit pas garde. D'ailleurs, il remettait déjà son sac à dos. Quelle horreur ! songea Emily à l'idée que le moment du départ était arrivé.

Essayant de se composer un visage souriant, elle se prépara à son tour en priant que Dan ne veuille pas franchir une étape trop considérable avant la fin de la journée. Vers une heure de l'après-midi, il ne restait plus rien du bel enthousiasme que la jeune femme avait éprouvé à l'aube. Les yeux rivés sur ses pieds, pour ne plus voir la pente qu'il fallait gravir, elle n'espérait plus qu'une seule chose : qu'ils s'arrêtent enfin pour déjeuner. Ils traversaient à présent une forêt ombragée où de charmantes petites clairières apparaissaient à chaque instant, et Emily sentait la colère grandir en elle que Dan dépasse sans les voir ces havres de repos quand, enfin, la phrase tant attendue jaillit de ses lèvres.

— Vous avez faim, Emily ?

Sans se donner la peine de répondre, le jeune homme se laissa tomber à terre en poussant un soupir de soulagement qu'elle n'eut pas le temps de réprimer. Elle se débarrassa de son sac et s'allongea sur un tapis moelleux d'herbe épaisse en fermant les yeux. Une brise légère soufflait sur son visage, un rayon de soleil lui chatouillait le nez, un immense bien-être l'envahissait, après toutes ces heures d'épreuve physique.

— Vous voulez que je prépare le déjeuner ?

Mais Emily n'entendit pas sa question, emportée par une vague irrépressible de sommeil.

— Emily! C'est prêt.

La jeune femme ouvrit les yeux et sourit à son compagnon qui lui tendait un appétissant sandwich.

— Je ne vous ai pas laissé dormir longtemps car j'ai eu peur que vous ne vous sentiez lourde après une sieste trop prolongée.

— Vous avez sans doute eu raison, répondit-elle sans parvenir à se convaincre tout à fait du bien-fondé de cette précaution.

Ils mangèrent en silence, gagnés par la paix délicieuse qui régnait en cet endroit retiré du monde. L'on n'entendait que le pépiement des oiseaux dans les arbres et le souffle du vent à travers les branches.

— Comme c'est beau, ici! murmura la jeune femme en embrassant l'horizon du regard. Quand je pense que, d'ici quelques mois, des camions et des grues vont abattre les arbres les uns après les autres, j'en ai froid dans le dos. Le paysage sera irrémédiablement détruit. Comment supportez-vous de participer à cette entreprise, vous qui professez un tel amour pour la nature?

— Vous savez bien que nous replanterons la forêt après notre passage. Le respect de la nature n'implique pas nécessairement que l'on s'oppose farouchement à ce que l'homme y puise les ressources dont il a besoin. La vie reprendra vite, ne vous inquiétez pas!

— Mais cette forêt est unique en son genre. Jamais vous n'en restituerez la beauté.

— Détrompez-vous. Ce n'est pas pour rien que l'on a engagé des spécialistes pour mener à bien ce projet. Moi et d'autres sauront exactement quelles espèces choisir pour parvenir le plus rapidement possible à un résultat satisfaisant.

Il se tut quelques instants.

— Mais je ne me doutais pas que vous seriez si sensible à la beauté de cette région. Vous regrettez d'avoir accepté la mission dont on vous a chargée à présent ?

— Je n'en suis pas encore là, non.

— Pourquoi a-t-on choisi une femme pour réaliser ce projet ? Je n'arrive pas à le comprendre.

— Figurez-vous que l'on considère maintenant que les femmes sont capables d'accomplir les mêmes travaux que les hommes. Vous n'êtes pas au fait des acquis de la société contemporaine, il me semble.

— Ne vous moquez pas de moi. Vous savez très bien ce que j'ai voulu dire. A mon avis, il serait préférable qu'un homme affronte l'épreuve de force que l'on vous a réservée. C'est une simple question d'aptitude physique.

— Je n'ai rien à ajouter sur ce point, reprit Emily d'une voix ferme. Pourtant, quoi que vous en pensiez, je me sens parfaitement capable de réussir la mission que l'on m'a confiée.

— Nous verrons cela en temps utile...

La jeune femme eut envie de riposter violemment devant le scepticisme dont il faisait preuve. Puis elle se reprit. Si d'aventure les craintes de Dan s'avéraient fondées, il était préférable de ne pas s'engager trop avant !

— Excusez-moi, une fois encore, Emily, murmura-t-il timidement. Je trouve que vous vous débrouillez très bien, en réalité.

Touchée par sa bonne volonté, la jeune femme lui

sourit. Ils avaient tort de prendre la mouche pour un oui ou pour un non alors qu'ils souhaitaient sincèrement que leur association se déroule dans les meilleures conditions.

Heureux qu'elle accepte de lui pardonner, Dan effleura d'un doigt léger la joue d'Emily, qui tressaillit involontairement sous le feu de cette caresse et le regarda droit dans les yeux. Sa présence auprès d'elle lui inspirait des sensations confuses où se mêlaient la confiance, le respect et surtout, une grande fascination pour la séduction qui émanait de lui. Ils étaient debout, l'un à côté de l'autre, proches à se toucher. Une tension indéfinissable régnait entre eux, faite de timidité et d'attirance à la fois. Un instant, ils eurent envie de se jeter dans les bras l'un de l'autre, mais chacun y renonça précisément à la même seconde. Cependant, tous deux étaient conscients de la complicité implicite qui venait de s'instaurer entre eux. Pour la première fois, ils avaient la conviction qu'un désir partagé les unissait secrètement.

— Mettons-nous en route, déclara soudain Dan. L'enchantement qui les avait fugitivement liés se dissipa, mais ils en gardaient le souvenir au plus profond d'eux-même...

Assise sur un tronc d'arbre installé le plus près possible du maigre feu de bois qu'ils avaient allumé à grand-peine, Emily avait un mal fou à garder les yeux ouverts. Dans la lumière du crépuscule, l'on y voyait encore à peu près clair, et la jeune femme notait dans son carnet les observations recueillies lors de cette première journée et qui seraient nécessaires à l'établissement d'un projet d'exploitation adapté à la nature du terrain.

Mais la nuit tombait, et elle rangea ses papiers.

— C'est fini ? demanda Dan qui revenait auprès d'elle, les bras chargés de brindilles et de branches sèches qu'il déposa devant le foyer.

— Loin de là, s'exclama Emily avec dépit. Mais je suis tellement épuisée que je suis incapable de réfléchir convenablement. Et puis, l'on n'y voit strictement plus rien !

Elle jeta un coup d'œil à sa montre.

— Il n'est que huit heures et demie, et je dors à moitié ! En général, je ne me couche jamais avant minuit.

Dan se dirigea vers le sac à dos de la jeune femme, en sortit un duvet qu'il étendit à proximité du feu.

— Nous avons parcouru trente kilomètres, aujourd'hui. Il n'y a rien de surprenant à ce que vous vous sentiez un peu fatiguée.

— Un peu ? fit Emily en se frottant les yeux. Terriblement serait plus approprié, à mon avis ! Je crois que je n'aurais même pas le courage d'aller me rafraîchir dans le torrent qui coule derrière nous.

— Vous vous laverez, demain matin. Couchez-vous, votre lit est prêt.

Il ouvrit la fermeture Eclair du sac de couchage de la jeune femme et lui fit signe de se faufiler à l'intérieur.

— Merci, Dan, murmura-t-elle en ôtant ses chaussures d'un geste las.

Elle lui était sincèrement reconnaissante de se montrer si attentif à son confort. Je n'aurais jamais pu imaginer qu'il serait d'une compagnie aussi agréable, songea-t-elle en se glissant dans le duvet. D'ailleurs, je me demande ce que je deviendrais sans lui. Emily n'eut pas le temps d'approfondir la question. Après un bonsoir inaudible adressé à son compagnon, elle sombra dans un sommeil profond.

Une merveilleuse odeur de café et de pain grillé la réveilla. Elle ouvrit les yeux et aperçut Dan qui fourrageait dans le feu pour entretenir le lit de braises où chauffait leur petit déjeuner.

— Bonjour, ma ravissante dormeuse.

— Quelle heure est-il, demanda Emily en étouffant un bâillement.

— Six heures.

Immobile dans la tiédeur de son lit, Emily jeta un coup d'œil émerveillé sur le paysage qui l'entourait. Etincelant de blancheur dans le lointain, vert profond autour d'eux, le spectacle offrait un contraste saisissant entre la majesté des cimes qui se décomposaient à l'horizon et les pâturages champêtres où ils avaient élu domicile pour la nuit. L'ensemble inspirait une impression de paix et de perfection que la jeune femme n'avait jamais éprouvée. La beauté sublime de cette nature vierge la bouleversait au plus intime de son être.

Mais il était temps de se lever. S'arrachant à la contemplation béate du panorama, Emily rassembla ses vêtements et courut jusqu'au torrent. Le contact de l'eau glacée sur son corps ensommeillé lui fit l'effet d'un miraculeux remontant. Le saisissement du froid, la pureté de l'eau, le massage du courant la réveillèrent complètement tout en lui apportant la sensation d'entrer dans un corps régénéré, tonique et vigoureux. Elle avait rarement connu un tel plaisir !

— C'est extraordinaire ! s'exclama-t-elle en rejoignant Dan. Je comprends, à présent, qu'il existe des légendes racontant que les sources de montagne sont de fantastiques cures de jouvence pour ceux qui s'y baignent.

— Vous êtes toute rose, remarqua Dan en souriant.

— Je suis heureuse d'être là, tout simplement.

— Vous avez faim ? J'ai trouvé des airelles, avant votre réveil. Avec les crêpes que nous avons emportées, c'est délicieux.

Emily fit honneur au déjeuner avec un appétit qui faisait plaisir à voir.

— Dan, déclara-t-elle quand elle eut fini, je ne sais pas si c'est l'air ou l'altitude, mais voilà le meilleur repas que j'aie savouré depuis longtemps.

Il parut enchanté du compliment.

— Si cela continue, vous allez diablement regretter ces montagnes quand vous serez de nouveau enfermée dans un bureau.

— Un bureau... répéta Emily d'une voix songeuse. Comme cette idée me paraît lointaine. J'ai l'impression de vivre dans un autre univers.

— Vous avez raison : nous sommes ici dans un autre univers. Admettez-vous maintenant le fait que habiter dans cette région plutôt qu'en ville soit un choix raisonnable ?

Elle lui lança un regard inquisiteur.

— Dan, pourquoi détestez-vous autant les villes et les gens qui y vivent ?

— Je pense que vous le découvrirez dès votre retour à San Francisco.

Ce n'était pas une réponse satisfaisante, et Emily décida de ne pas s'en contenter. Leurs relations avaient suffisamment évolué pour qu'elle puisse poursuivre son interrogatoire en toute franchise.

— Pour quelles raisons les citadins vous déplaisent-ils si souverainement ? A cause de leur mode de vie ?

— Il y a un peu de cela, oui. Ils naissent et meurent les uns à côté des autres, et pourtant, il n'existe pas la moindre solidarité entre eux. Ceux qui sont dans le besoin n'ont rien à attendre des nantis dont l'égoïsme dépasse toutes les limites.

— Il est un peu injuste de généraliser à ce point !

— Vous lisez les journaux, n'est-ce pas ? Il ne se passe pas de jour sans que l'on n'y découvre d'horrifiants faits divers. Des femmes se font agresser sous le regard indifférent des passants, des vieillards sont dévalisés au vu et au su de promeneurs pressés. Tout cela est intolérable ! Alors que dans les montagnes, les lois d'entraide mutuelle sont unanimement respectées. Imaginez que, à la suite d'un orage vous vous retrouviez en difficulté et que personne n'arrive à votre secours. Ce serait terrible, non ? Eh bien, il est rigoureusement impossible que ce cas de figure puisse avoir lieu.

— Je vois, murmura Emily, troublée par ce vibrant réquisitoire en faveur d'une humanité meilleure. Malgré tout, il faut se souvenir que bien des gens ne s'installent dans les zones urbanistes que par un besoin urgent de trouver du travail.

— Je sais. Mais cet argument n'excuse pas tout. A mon avis, la violence représente un phénomène strictement inexcusable.

Sur ces mots, il se leva souplement.

— Nous n'allons pas philosopher pendant toute la matinée alors que trente kilomètres de marche nous attendent !

Emily se redressa à son tour.

— En tout cas, pour conclure sur ce point, il faut

reconnaître que la ville ne vous a pas influencée dans le mauvais sens...

— Tant mieux, répondit-elle avec un sourire.

— Vous m'accompagnez ? Je vais laver les bols.

— Volontiers.

— Vous savez, reprit-il quand ils furent arrivés au bord du torrent, je ne mène pas une existence complètement fruste. J'adore le théâtre, les concerts, les expositions, et je vais souvent à San Francisco pour assister à des manifestations culturelles.

Pourquoi éprouvait-il le besoin d'ajouter cette précision ? Pour qu'Emily ne garde pas de lui l'image trop austère d'un homme exclusivement attaché à la terre ? L'idée qu'il faisait grand cas de son opinion séduisit la jeune femme et elle s'abandonna un instant à la rêverie. Quand ils auraient achevé cette mission, ils regagneraient ensemble San Francisco avant de partir s'installer à Challis.

Je suis folle de nourrir des projets aussi insensés ! songea-t-elle soudain. Peut-être Dan est-il déjà lié à une femme. Nous n'avons jamais évoqué cet aspect de sa vie privée...

A cette pensée, la jeune femme se sentit inexplicablement déçue. Dan était si différent des hommes qu'elle avait connus jusqu'alors ! Partager son existence devait être si passionnant...

Voilà qu'elle recommençait à divaguer ! Emily se mordit les lèvres. Il ne fallait pas qu'elle s'attache à lui alors qu'elle ne savait rien de son passé lointain ou récent.

Elle rangea hâtivement la vaisselle et rejoignit le campement sans attendre son compagnon. Sa bonne humeur avait disparu, elle se maudissait d'être sujette à de telles faiblesses en face de cet homme mystérieux.

Il ne fallut pas moins d'une heure de marche pour que la jeune femme oublie son irritation. Mais la fatigue de l'effort remplaça alors toute préoccupation extérieure, et elle demanda à s'arrêter. Ils étaient arrivés au sommet d'une montagne, et le spectacle de la forêt qui s'étendait à leurs pieds lui inspirait de nouveau une admiration illimitée.

— Quel dommage qu'il faille abattre tous ces arbres ! remarqua-t-elle tristement.

— Je vous répète que, d'ici dix ans, il n'y paraîtra plus. De toute façon, il n'est pas certain que cette forêt doive être exploitée. N'oubliez pas que c'est à nous qu'il appartient d'en décider !

— Soit, approuva machinalement Emily en sortant son carnet de croquis.

Elle prit quelques notes et jugea bon de photographier le paysage afin de donner une idée précise du site à ses collaborateurs. Dan l'observait à la dérobée.

— Vous dessinez bien, déclara-t-il en jetant un coup d'œil sur une esquisse qu'elle venait de tracer à grands traits.

— Ce schéma ressemble à un dessin, selon vous ?

— Presque, oui. Les biologistes ont décidément de nombreuses cordes à leur arc. Je parle sérieusement, ajouta-t-il en voyant une lueur de défi s'allumer dans le regard de la jeune femme.

— Dites-moi, Dan, vous n'avez pas l'impression qu'en définitive, ce site, conviendrait fort bien aux travaux que ma société doit effectuer ?

— Si, vous avez raison.

— Je ne croyais pas si bien dire quand j'évoquais tout à l'heure le sort de ces malheureux arbres.

Sans s'apitoyer davantage, Emily se mit à la tâche. Il fallait faire quelques prélèvements du terrain afin de savoir, par la suite, quelles essences pourraient remplacer les arbres abattus. Quant à Dan, il lui revenait de définir la manière la plus efficace de rentabiliser le site.

— Vous voyez, nous sommes complémentaires, remarqua Dan tandis qu'ils étaient en train de déjeuner. Je m'occupe de récolter le plus de bois possible dans les meilleures conditions alors que vous êtes chargée de revaloriser la forêt après mon départ.

— Vous n'êtes plus d'avis que mes analyses soient inutilement coûteuses, si je comprends bien.

— Ma foi... J'ai tout de même le sentiment que je n'aurais pas besoin de disposer de données scientifiques aussi sophistiquées que celles que vous recueillez pour deviner à coup sûr comment faire revivre la forêt.

— Peut-être mon travail permet-il d'aller plus vite, de ne jamais se tromper. Quoi que vous en disiez, ces normes gouvernementales ont du bon.

— Vous avez l'air de penser que je me moque du respect de l'environnement, Emily. Vous avez tort, car j'y accorde un soin constant quand je suis responsable de l'exploitation d'un territoire. Je m'en préoccupe bien plus que certains de vos collègues qui préconisent des mesures absurdes et absolument ruineuses.

— Loin de moi l'idée de défendre les erreurs de confrères peu consciencieux! Il serait injuste de m'imputer leurs torts. De toute façon, nous n'avons pas eu l'occasion de nous affronter, jusqu'à présent.

— Tout est encore possible, maugréa-t-il d'un air sombre. J'ai peur que vous ne découvriez un troupeau de daims, à l'intérieur de cette forêt, et que vous en interdisiez l'accès sous prétexte que la survie de ces animaux serait menacée. Nous n'avons pas encore parlé de cet aspect de votre travail qui consiste à veiller sur la préservation des espèces en voie de disparition. Si ce ne sont pas des loups, des ours ou des daims, vous trouverez bien une plante, une fleur ou un oiseau qui nous empêcheront de disposer de leur territoire. Les biologistes ont l'art de mettre la main sur de ravissantes petites choses extrêmement rares qui nous réduisent à l'inaction. Je me souviens d'un insecte dont le milieu naturel s'étendait sur plusieurs dizaines d'hectares et qui nous a fait perdre des millions. Je jurerais qu'une aventure de ce genre me pend au nez !

— Si tel était le cas, je n'aurais fait que mon métier, répondit Emily en riant. S'il n'existait que des individus de votre type, les milliers de petites bêtes qui font le charme de nos campagnes seraient victimes d'un véritable génocide. La nature que vous aimez tant souffrirait alors de tels déséquilibres que l'on pourrait redouter le pire. Mais ne soyez pas trop pessimiste, il y a gros à parier que vos prédictions alarmistes ne se réaliseront pas.

— J'espère que vous dites vrai, soupira-t-il. De toute façon, au cas où vous céderiez à l'une de ces lubies, je serais bien obligé d'en tenir compte. Nous sommes associés pour le meilleur et pour le pire ! Comme si nous étions mariés ! conclut-il en riant.

— Vous semblez oublier que bien des mariages se terminent par des divorces. Nous pourrions toujours mettre fin à notre association si nous n'étions pas d'accord.

— Décidément, vous avez l'air de considérer le

divorce comme la solution idéale à tous les conflits. Je ne suis pas de votre avis. Quand on s'est engagé avec quelqu'un, il faut tenir jusqu'au bout. En réalité, le mieux est d'agir seul en toutes circonstances.

— Vous le pensez sincèrement ?

Insensiblement, leur conversation avait pris un tour solennel.

— Oui, fit-il d'un air sombre. Même s'il n'en a pas toujours été ainsi.

A-t-il déjà été marié ? se demanda Emily sans oser lui poser la question.

L'expression qui s'était peinte sur le visage de son compagnon l'encouragea à conserver le silence. Ils se mirent en route et marchèrent l'un derrière l'autre sans rien se dire pendant plusieurs heures. L'irrégularité du terrain rendait leur progression pénible ; à chaque instant, ils devaient faire attention à l'endroit où ils posaient le pied et, pour aggraver encore la situation, un soleil de plomb tapait sur leur tête, rendant l'atmosphère si étouffante que tous deux avaient hâte d'arriver à destination le plus vite possible. Malheureusement, il ne se passait pas d'heure sans que des éboulements ne leur barrent la route, les obligeant à emprunter d'invraisemblables détours et d'accès plus difficile encore que le sentier principal.

Emily venait d'escalader un rocher où elle s'était désagréablement râpé les mains quand brusquement, elle aperçut un serpent qui se dressait devant elle, à la hauteur de son genou.

Elle poussa un hurlement d'effroi et se jeta instinctivement sur le côté. Une interminable chute commença alors, où la jeune femme fut roulée en tous sens sans pouvoir s'accrocher à quoi que ce soit. Le visage anxieux de Dan lui apparut fugitivement au moment où elle allait basculer une nouvelle fois le long de cette pente abrupte, puis ce fut le noir absolu...

Emily fit un faible mouvement en sentant une serviette fraîche et mouillée lui humecter le visage. Elle en ouvrit les yeux, fut éblouie par l'éclat du soleil, puis aperçut Dan qui la regardait avec inquiétude.

— Ne bougez pas, dit-il doucement.

Il appliqua de nouveau la serviette sur ses tempes, et Emily fit une grimace de douleur.

— J'ai mal, murmura-t-elle.

Combien de temps était-elle restée sans connaissance ?

La jeune femme se redressa péniblement et posa la tête sur l'épaule de son compagnon pour chercher la protection apaisante de son corps puissant.

— Le serpent ?

— Il est mort, répondit Dan d'une voix dure.

Elle referma les yeux, essaya de se souvenir du déroulement des événements sans y parvenir. Un tourbillon d'images confuses lui harcelaient l'esprit, qu'elle voulut fuir en secouant la tête et en s'efforçant de s'asseoir. Dan l'avait amenée à l'abri d'une petite clairière ombragée, très différente du paysage de cauchemar qu'ils avaient traversé pendant l'après-midi.

— Comment vous sentez-vous ?

— Je ne sais pas encore ; donnez-moi un peu de temps. Que s'est-il passé ? Je me suis blessée ?

Elle cherchait à se lever, mais Dan la retint par la main.

— Ne bougez pas. Je vais mettre un désinfectant

sur votre plaie dès que le sang aura arrêté de couler. Soyez sans inquiétude, la blessure n'est pas profonde. Vous avez eu de la chance de rouler sur vous-même au lieu d'être projetée au bas de la pente. Vous êtes tombée sur le dos, et votre sac a amorti la chute. Mais il ne fallait pas sauter comme vous l'avez fait, voyons ! Vous auriez pu vous tuer !

— Je suis désolée de vous avoir fait peur.

— Naturellement, vous allez me dire que j'ai détruit l'équilibre écologique de cet endroit en tuant le serpent qui vous menaçait.

Pourquoi se montrait-il d'une ironie aussi dure ?

— Restez ici, déclara-t-il d'une voix brève. Je vais chercher votre sac. Si la tête vous tourne, allongez-vous.

Après quelques minutes, il était de retour. Raidie par la douleur, Emily le laissa nettoyer la plaie et fixer un pansement. Ses mains étaient fermes et habiles. Le sentir si près d'elle était un réconfort, malgré son attitude hostile.

Il parcourut la clairière des yeux.

— L'endroit n'est pas mal. Nous allons camper ici.

— Je peux continuer, Dan, je vous assure.

— Vous êtes pâle comme un linge, votre pouls bat la chamade, vous ne tiendriez pas un kilomètre, Emily.

— Mais il était prévu que nous dormions dans la vallée afin que je puisse, dès demain matin, faire les prélèvements dont nous aurons besoin.

— Vous êtes terriblement obstinée, ma parole !

Il l'observa avec insistance.

— Je vous admire pour votre ténacité, vous savez. Jusqu'à présent, vous avez remarquablement tenu le coup. J'avoue même que votre courage me surprend. Mais là, marcher pendant huit kilomètres sous un soleil écrasant alors que vous êtes blessée à la tête, ce serait une pure folie.

— Vous avez raison, reconnut-elle d'une petite voix.

— Reposez-vous, maintenant, dit-il gentiment. Il y a de l'aspirine dans votre sac. Avalez-en deux cachets, et vous vous sentirez beaucoup mieux.

Quand le soleil disparut à l'horizon, la grosse chaleur du jour se dissipa, mais l'air resta tiède. L'aspirine avait soulagé le mal de tête d'Emily comme par enchantement, et elle fut toute contente de pouvoir prendre part aux préparatifs d'un délicieux repas au grand air. Sous la directive de Dan, elle travailla de la farine avec de l'eau chaude jusqu'à en faire une pâte à crêpes très épaisse. Dan avait trouvé des mûres tout près du campement, et il les incorpora à la pâte avec des noisettes qu'il avait en réserve.

— On va faire chauffer une poêle avec un peu d'huile, y verser la préparation, et, dans vingt minutes, nous aurons un dessert délicieux.

Elle lui tendit le plat avec un sourire.

— Comme d'habitude, je meurs de faim.

Le regard de Dan s'éclaira. Toute trace de colère avait disparu de son visage.

— C'est bon signe ! Sérieusement, comment vous sentez-vous, Emily ?

Le visage de la jeune femme rosit sous le regard soucieux qui se posait sur elle.

— Comme si j'avais été rouée de coups ! avoua-t-elle.

— Le dîner et une bonne nuit de sommeil vous remettront d'aplomb pour demain. Vous avez eu une sacrée chance de ne pas vous être davantage blessée en tombant. J'ai eu une peur bleue.

— J'avoue que moi aussi j'ai eu très peur en apercevant le serpent. Je vous promets de faire plus attention la prochaine fois que nous nous trouverons au milieu des rochers !

Le dîner fut royal : du potage avec des champignons déshydratés, du riz ambré cuit au bouillon de bœuf, les crêpes et du chocolat chaud. Emily dévora sa part sans en laisser une miette et s'adossa avec un soupir de satisfaction contre le tronc d'un chêne.

Elle ferma les yeux, engourdie par le bien-être qui l'envahissait. Les bruits des assiettes que Dan remettait en ordre étaient comme une musique de plus en plus lointaine à ses oreilles ; son esprit commençait à dériver vers le sommeil.

— Emily ! appela Dan. Allons, petite citadine, il est temps de se mettre au lit !

La jeune femme poussa un soupir en sentant les doigts de Dan sur son épaule. Elle était incapable de lutter contre la fatigue qui l'emportait vers le repos dont son corps avait tant besoin.

— Emily !

Elle bougea légèrement en marmonnant quelques mots inintelligibles. Un bras entoura ses épaules, un autre glissa sous ses genoux, et elle se sentit soulevée comme une plume. Sans résister, elle s'abandonna contre ce corps chaud et solide qui la faisait glisser dans un sac de couchage. Dan enfouit les doigts dans sa chevelure d'un geste rassurant, et Emily plongea dans un sommeil bienheureux.

Mais, au petit matin, d'épouvantables cauchemars l'assaillirent, où l'image de serpents menaçants dressés devant elle la terrorisait. La jeune femme reculait le plus loin possible tout en gardant les yeux rivés sur ces monstres jusqu'au moment où ils la rattrapaient. Emily se réveilla en hurlant de peur. Figée par l'épouvante, elle resta immobile quelques secondes sans comprendre puis, avec un petit gémissement, elle enfouit la tête contre ses mains. Alors, elle se sentit enveloppée par des bras réconfortants.

— Tout va bien, murmurait Dan d'une voix douce.

— Oh ! Dan...

— Vous tremblez. N'ayez pas peur, ce n'est qu'un mauvais rêve.

Emily pressa le visage contre son torse nu et ferma les yeux de toutes ses forces pour repousser l'image du serpent. Les doigts de Dan massaient lentement sa nuque et les muscles de son cou, et petit à petit, elle s'arrêta de trembler. Toutefois elle ne bougea pas, trouvant dans sa compagnie l'apaisement dont elle avait besoin. Son cœur battait violemment dans sa poitrine.

— Je suis désolée, fit-elle d'une voix sourde.

Dan se pencha vers elle et il essuya les larmes de ses joues.

— Il n'y a pas de quoi. J'aurais été étonné que vous passiez une nuit sereine.

— Dès que je ferme les yeux, je revois cet affreux serpent.

— Il faut pourtant que vous vous rendormiez, Emily. Il est trop tôt pour se lever.

— C'est stupide, mais je ne peux pas m'en empêcher, reprit-elle, honteuse de se montrer aussi enfantine. J'ai l'impression qu'il est dans mon sac de couchage.

Elle frissonna violemment.

— Allons, calmez-vous. Vous avez peur ?

— Je regrette de me comporter de manière aussi ridicule, Dan. Je suis incapable de me contrôler. Et pourtant, ajouta-t-elle en éclatant en sanglots, je ne voudrais pas être un fardeau pour vous !

Il la serra plus fort contre lui.

— Vous subissez le contrecoup du choc de cet après-midi, déclara-t-il d'une voix assurée. Attendez-moi une seconde.

Il se leva et disparut dans l'obscurité. Emily l'attendait, repliée sur elle-même pour s'efforcer d'arrêter le tremblement de son corps.

Il réapparut bientôt et, s'agenouillant, plaça son propre sac de couchage contre celui de la jeune femme qui lui jeta un regard surpris.

— Allons, Emily, dit-il avec un gentil sourire. Nous avons tous les deux besoin de repos. Je suis sûr que vous pourrez dormir si je reste à côté de vous.

Il se glissa dans son sac et s'allongea de façon à ce que la tête de la jeune femme puisse reposer sur son bras.

Sur le moment, elle fut tellement troublée qu'elle s'imagina ne jamais pouvoir se rendormir. Mais la respiration de son compagnon devint vite régulière, et la jeune femme se rendit compte qu'il avait seulement cherché à résoudre le problème pratique qui se présentait à lui. Cette pensée calma sa frayeur et elle se détendit.

— Dormez, je vous en prie, déclara-t-il alors d'une voix ensommeillée.

Elle sentit le souffle de ses paroles dans son cou, une main alla reposer sur son ventre ferme. Son corps viril s'adaptait parfaitement aux courbes du sien.

Emily était en sécurité et, pour le moment, c'était ce qui lui importait le plus au monde. Elle se blottit contre lui et fut de nouveau emportée par le sommeil.

4

Quand Emily s'éveilla, les rayons de soleil filtraient à travers les feuilles du vieux chêne qui la protégeait. La brise du matin et les effluves de café brûlant la secouèrent de sa torpeur, et elle se redressa vivement.

— Vous avez bien dormi? demanda Dan avec une tendresse qu'elle ne lui avait jamais connue.

Les images de la nuit passée se pressèrent alors à son esprit. Elle se souvint du contact de son corps contre le sien et frissonna légèrement.

— Vous êtes encore un peu pâle, poursuivit Dan en l'observant attentivement. Vous voulez votre petit déjeuner au lit?

Sa voix était taquine, et un léger sourire se peignait sur son visage.

— Non, je vous remercie. Donnez-moi quelques minutes, je vais m'habiller, répondit Emily en peignant avec ses doigts ses longs cheveux emmêlés.

Elle s'éloigna du camp, fit sa toilette et s'habilla rapidement. Quand elle revint près du feu, Dan était assis sur un rocher et remplissait leurs bols de porridge.

— Pourquoi semblez-vous si pressée ? demanda-t-il.

— Je viens de voir à ma montre qu'il est huit heures.

— Ne vous en faites pas ! C'est moi qui vous ai laissée dormir. Je ne vous ai guère ménagée, jusqu'à présent, et nous pouvons nous accorder un peu de répit.

— Que voulez-vous dire ? Vous avez l'impression que je ne suis plus capable de vous suivre ?

— Au contraire, Emily. Vous paraissez si sportive et entraînée que j'ai un peu tendance à oublier que vous n'êtes qu'une novice. L'accident d'hier est arrivé par ma faute. J'aurais dû rester à vos côtés au lieu de marcher en tête sans m'occuper de vous dans cette partie difficile du parcours.

— Voilà un compliment à retardement dont je vous remercie, murmura Emily. Mais vous avez raison d'être surpris. Je ne m'attendais pas moi-même à apprécier autant les charmes de la randonnée.

Elle lui adressa un sourire qu'il lui rendit aussitôt.

— Vous avez mal à la tête, ce matin ?

— Non. Il n'y a que ma blessure qui soit encore un peu sensible. Vous êtes gentil de me dorloter ainsi, Dan... Presque trop gentil... Je suis un peu gênée par la scène de cette nuit.

Dan s'était levé pour lui servir une tasse de café.

— Ne vous excusez pas, Emily. Je suis convaincu que vous ne jouiez pas la comédie, que votre peur était bien réelle. Il aurait été cruel de vous laisser seule avec vos frayeurs.

74

— Dan, j'ai parfois l'impression de me conduire comme une enfant, reprit Emily presque timidement. Ce pays est tellement immense et sauvage que je m'y sens toute petite. Par ailleurs, j'ai tellement moins d'expérience que vous ! Ma réaction de la nuit dernière m'a étonnée moi-même. Vous comprenez, il n'y a pas de serpents, à San Francisco !

— Heureusement pour vous, répondit Dan avec un sourire, que feriez-vous, sinon, sans ma présence pour vous réconforter ? Mais, pour être sérieux, tranquillisez-vous, Emily. J'ai pris grand plaisir à vous tenir compagnie, cette nuit. Vous êtes comme un chaton doux et chaud. Maintenant, allons-y. Nous avons une rude montée en perspective, aujourd'hui.

Emily se leva et commença à mettre de l'ordre dans ses affaires, un sourire aux lèvres et le cœur heureux. Elle songeait aux paroles de Dan et elle était bien décidée à se montrer aujourd'hui meilleure marcheuse encore que les jours précédents. C'était la plus sûre manière de gagner l'estime de Dan, et par là d'obtenir sa collaboration. Réussir le mieux possible leur mission lui tenait à cœur, ausssi bien sur un plan personnel que professionnel.

La marche commença par une descente qui les conduisit jusqu'à une vallée étroite. Là, des champs d'herbe épaisse foisonnaient de grandes fleurs sauvages et odorantes. Puis, après un passage rocailleux, ils remontèrent vers la lisière de la forêt. Malgré un vent vif, le soleil était chaud et le ciel d'un bleu aussi profond que celui des yeux de Dan.

Vers midi, ils s'arrêtèrent enfin, brisés mais heureux de l'effort fourni. Emily s'était rarement sentie aussi exaltée. Levant le regard vers la ligne de crête qui les surplombait, une onde d'excitation se répandit dans son corps. Elle resta un instant à contempler les sommets, les mains sur les hanches, le sourire aux lèvres. Le vent soulevait les mèches de ses beaux cheveux blonds et les plaquait contre son visage. Dan l'observa un instant en silence, puis montra la pente d'un geste.

— On dirait que l'idée de grimper cette montagne éperonne vos forces !

— C'est vrai, reconnut-elle en riant. J'ai l'impression de partir à la conquête du monde. Est-ce une réaction normale pour une citadine sans expérience ?

Dan hocha la tête et la prit par la main.

— Avant d'aller plus loin jeune dame, venez, nous allons prendre notre déjeuner à l'ombre de cette petite clairière.

La gaieté tonique et vivifiante qui habitait Emily ne la quitta pas de tout le repas. Elle avait la sensation délicieuse que son corps s'était endurci à l'épreuve et qu'elle disposait à présent de forces nouvelles. Son visage, ses bras et ses jambes avaient légèrement bruni, la jeune femme ressemblait de plus en plus à une sportive aguerrie par les difficultés de la montagne. Elle comprenait maintenant l'amour que portait Dan à cette région où l'on se sentait libre comme l'air, confronté aux forces élémentaires de la nature.

— Vous aimez ce pays, n'est-ce pas ? demanda-t-il brusquement.

— Cela vous surprend qu'une femme de la ville s'éprenne aussi éperdument des splendeurs de ce paysage ?

— Oui, un peu.

— Beaucoup, je crois, reprit-elle avec un grand sourire.

— Vous paraissez en pleine forme alors qu'en général, les novices abandonnent au troisième jour, courbatus et épuisés. Mais je lis dans vos yeux que vous adorez cette situation, et cela me fait plaisir.

Il s'était exprimé avec une grande douceur, et Emily le regarda sans savoir que répondre. Sa dernière phrase lui avait fait l'effet d'une véritable caresse, et dans ses yeux brûlait une flamme qui la troubla profondément. La gaieté de la jeune femme tomba brusquement, remplacée par un tourbillon de sensations confuses où se mêlaient le désir et l'inquiétude. Depuis son divorce, Emily s'était efforcé de tout son être de ne plus succomber au charme d'un homme. L'aventure lui semblait trop risquée. Mais voilà qu'aujourd'hui, elle se sentait irrésistiblement attirée par un être qu'elle aurait dû considérer comme un simple collaborateur !

Elle se leva nerveusement, ferma son sac à dos et le hissa sur ses épaules.

— Vous êtes merveilleuse, Emily. Votre visage est si pur, si limpide que l'on a l'impression d'y lire toutes vos pensées !

La jeune femme rougit violemment et détourna la tête. Dan s'approcha d'elle et la prit par les épaules.

— Avec moi, votre franchise ne vous causera jamais d'ennuis.

Il suivit la courbe de sa joue d'un doigt léger, et un frisson de plaisir parcourut Emily.

— Vous êtes belle comme une déesse de légende, Emily. Vous êtes si vivante, si séduisante, et pourtant si dangereuse !

Il se pencha, et sa bouche frôla ses lèvres en un baiser furtif et délicieux.

Emily vacilla, mais Dan la retint en l'attirant à lui. Elle s'abandonna à la tendresse de son étreinte et ferma les yeux.

Une seconde fois, la bouche de Dan vint se poser sur la sienne mais, cette fois, en un baiser insistant dont l'ardeur la bouleversa. La jeune femme avait l'impression de ne plus toucher terre, emportée par un tourbillon de plaisir exquis. Elle aurait aimé que ces instants se prolongent éternellement mais, cédant à la raison, elle s'éloigna brusquement de lui.

— Ce n'est pas possible, murmura Emily d'une voix tremblante. Il ne faut pas. Nous ne devons pas...

— Pourquoi ? demanda-t-il âprement en cherchant à la serrer de nouveau contre lui.

Prise entre le désir de se jeter dans ses bras et la crainte des sentiments qui l'agitaient, Emily se dégagea d'un geste vif. Le visage de Dan se durcit, et la jeune femme s'éloigna pour cacher le trouble qui s'emparait d'elle.

— La tâche que nous avons entreprise, commença-t-elle gauchement, nous empêche de...

Il marcha vers elle, immense et inquiétant.

— Epargnez-moi ces prétextes, je vous prie, gronda-t-il. Si vous ne voulez pas de moi, avouez-le franchement. Je sais parfaitement que nous n'appartenons pas au même monde, et votre refus ne m'étonnerait guère.

Abasourdie et déconcertée par une attaque aussi brusque, la jeune femme devint rouge comme une pivoine. Elle se détourna pour grimper la pente rocheuse et lui échapper. Mais Dan ne fut pas long à la rattraper et, la prenant par le bras, l'obligea à s'arrêter. Emily lui fit face, le visage apeuré et craintif.

— Attendez ! Il faut maintenant que nous nous encordions.

Il sortit son matériel ; Emily, raide et apparemment insensible, se laissa ceinturer. Quand il déroula la corde à laquelle elle était maintenant attachée, elle fit un pas en arrière. Pendant quelques secondes, ils se défièrent du regard, puis Dan poussa un soupir.

— Je ne veux pas vous savoir nerveuse ou en colère, Emily. Il y a quelques passages difficiles ; j'ai besoin de votre aide.

Sans s'en rendre compte, elle avait fermé les poings.

— Vous venez de m'accuser de me jouer de vous. C'est faux. D'ailleurs, je pourrais vous retourner ce reproche. Vous ne m'avez jamais rien dit de votre passé, si vous étiez marié ou non... C'est donc que vous me croyez indigne de telles confidences. Dans ces conditions, je suis incapable de me lier à vous d'une quelconque manière. Il serait insensé de ma part d'accepter les avances d'un homme marié...

— Est-ce la seule raison pour laquelle vous m'avez repoussé ? demanda Dan d'un air soupçonneux.

— La seule, en effet.

Dan s'assombrit plus encore.

— J'ai du mal à vous croire, vous savez. J'ai plutôt l'impression que mon métier, la manière dont je vis, vous semblent indignes de vous.

Emily, le regarda sans comprendre.

— Que voulez-vous dire ? En quoi votre profession intervient-elle dans cette histoire ? demanda-t-elle, à la fois troublée et exaspérée.

Dan la dévisagea d'un œil incrédule.

— Soit vous savez parfaitement mentir, soit vous parlez sincèrement. Comment le démêler ?

— Soyez certain d'une chose, Dan : jamais je ne me suis laissé influencer par des données aussi stupides pour choisir mes amis !

— Beaucoup de femmes y attachent de l'importance, cependant.

— Au diable ! Je ne fais pas partie de cette catégorie ! lança-t-elle d'une voix rageuse.

Un sourire incertain éclaira le visage de Dan.

— Peut-être avez-vous eu tort. Votre mariage n'a pas été très heureux, si je me souviens bien.

— Vous vous en souvenez parfaitement ! Mais cela n'a aucun rapport avec ce qui nous concerne.

— Vous n'aimez pas prendre de risques ?

— Je prends des risques calculés, rétorqua la jeune femme.

Son cœur battait à grands coups, sa voix vibrait de colère.

— Je vous comprends, concéda Dan.

Emily lui jeta un regard surpris, se demandant où il voulait en venir.

— Mais dites-moi, Dan : avez-vous été marié, vous ?

Il avait en main le rouleau de cordage et le fixa à sa ceinture.

— Serez-vous satisfaite si je vous avoue que, moi aussi, je suis divorcé ? Vous semblerais-je moins inquiétant dès lors que vous connaîtrez une partie de mon passé ?

— Quoi qu'il arrive, vous me semblerez toujours

l'homme le plus inquiétant du monde! s'exclama Emily avec emportement.

Le sourire de Dàn s'élargit.

— Vous ne manquez pas de caractère, décidément! Allons, venez, nous avons trois heures d'escalade devant nous.

Déconcertée, Emily obéit et se mit à écouter avec attention les directives qu'il lui donnait. Pendant les heures qui suivirent, elle ne cessa de repasser leur conversation dans son esprit, essayant de deviner quel genre de femme il avait épousé et pour quelles raisons il avait divorcé.

Etait-il trop exigeant? Il paraissait tellement intraitable! Et pourtant, il était sûrement capable de la plus grande tendresse. Il n'était que de se souvenir de la nuit passée, de la sollicitude qu'il avait montrée envers elle. Emily ne put réprimer un léger sourire, et ce fut d'un pied léger qu'elle se mit à suivre cet homme énigmatique qui grimpait devant elle.

L'après-midi était bien avancé quand ils atteignirent le sommet de la crête. Le ciel, jusque-là ensoleillé, s'était couvert et de gros nuages noirs se rassemblaient à l'horizon. Dan se débarrassa de son sac.

— C'est l'heure de la pause, Emily.

Il s'était assis sur un rocher et avait sorti une gourde qu'il lui tendit. La jeune femme but de bon cœur, envahie par une étrange allégresse dans cet univers dont le vent était le maître.

— Quel dommage! Je commençais juste à me sentir en pleine forme.

Il la considéra avec attention.

— Vous vous en êtes drôlement bien tirée.

— Les gens qui aiment le risque apprécient tout

particulièrement ce genre d'exercice, déclara-t-elle en lui lançant un sourire taquin.

— C'est vrai que vous aimez le risque, accorda-t-il.

— Pas dans toutes les situations, corrigea-t-elle. Mais ici, reprit-elle en désignant le paysage qui s'étendait à leurs pieds, je me sens prête à tout. N'est-ce pas magnifique ?

— C'est d'une beauté qui s'accorde à la vôtre.

— Les compliments ne vous mèneront à rien.

— Vraiment ! Pourquoi rougissez-vous, alors ?

— Ce sont les coups de soleil.

Les yeux de Dan brillaient d'amusement.

— Vous n'aimez pas les louanges, Emily ?

— Si, quelquefois. A vrai dire, les vôtres me plaisent assez.

Il décrocha la corde de sa ceinture et s'approcha de la jeune femme pour la libérer à son tour. Leurs visages étaient tout proches.

— Vous avez peur de moi ?

Sa voix était légèrement rauque, son regard particulièrement insistant. Emily se força pourtant à sourire.

— Ne cherchez pas à m'impressionner, Dan Wagner. Vous ne réussirez pas.

— En êtes-vous bien sûre ? Vous souvenez-vous de la nuit dernière ?

Un frisson la parcourut. Elle était en train de jouer avec lui un jeu dangereux. Que faire pour qu'il comprenne qu'elle ne se livrerait pas à lui aussi facilement ?

— J'avais peur, vous l'avez admis vous-même. Ne revenez donc pas sur ce point.

Dan demeura silencieux mais, jetant sur lui un regard furtif, Emily se rendit compte, à l'expression crispée de son visage, qu'il était le théâtre d'une singulière lutte intérieure. Sans doute se demandait-il quelle attitude adopter face à une femme aussi déconcertante. Il réfléchit quelques instants, secoua soudain la tête et déclara :

— Si nous allumions un feu de bois ?

La jeune femme acquiesça et se mit à la recherche de brindilles et de branches. Quand elle revint auprès de Dan, elle l'observa un long moment souffler sur les braises et se rendit compte qu'il était de ceux auxquels il est très difficile de résister. Comme sous l'effet d'un choc, son cœur se serra. Elle tenta de se reprendre, furieuse contre elle-même de réagir à la façon d'une adolescente, et s'installa sur une roche plate afin de le regarder attiser les flammes qui commençaient à s'élever. Après quelques minutes de ce spectacle, elle ne put retenir la question qui lui brûlait les lèvres :

— Réussissez-vous toujours à obtenir ce que vous désirez ? demanda-t-elle avec le plus grand sérieux.

Il leva la tête.

— De quoi parlez-vous ?

— Vous donnez l'impression d'un homme qui a l'habitude d'exercer son pouvoir sur les autres. Je me trompe ?

Dan fronça les sourcils.

— Pourquoi me posez-vous cette question ?

— Je ne sais pas exactement. Mon intuition me souffle que vous êtes terriblement autoritaire, en quelque sorte.

— L'expression n'est pas vraiment bien choisie, répondit-il d'une voix soucieuse. Mais vous avez raison, j'aime que les autres se plient à mes désirs.

Dussé-je déplorer ensuite de n'en avoir pas mesuré les conséquences comme il l'aurait fallu !

— Vous voulez dire que vous regretteriez certaines de vos décisions ?

— Cela m'est arrivé quand j'étais plus jeune. Maintenant je suis à un âge où l'on devient plus prudent en toutes choses.

— C'est vrai pour moi aussi, reconnut Emily en hochant la tête. Mais parlez-moi de vous, Dan.

Elle lui jeta un regard impénétrable, se leva et attrapa son sac pour en sortir les provisions.

— Vous voilà bien bavarde, brusquement.

— Vous préféreriez peut-être que je parle aux rochers ou au vent ? répondit-elle, piquée par son attitude.

— Excusez-moi de vous interrompre, Emily. Mais il va vraiment falloir que nous trouvions un abri. Regardez le ciel. Dans peu de temps, un terrible orage va éclater.

Alarmée, la jeune femme leva brusquement la tête pour se rendre compte qu'un couvercle noir bouchait à présent l'horizon.

— Mon Dieu ! Je n'ai jamais vu un ciel aussi effrayant, murmura-t-elle d'une petite voix. Pourtant, il y a parfois des orages, à San Francisco !

— N'ayez pas peur. Vous allez avoir droit à un spectacle absolument extraordinaire.

La jeune femme se leva pour partir à la recherche d'une grotte qui les protégerait.

— Allons chacun de notre côté, proposa Dan. Mais attention ! Veillez à ne pas commettre d'imprudences, Emily. Je tiens beaucoup à vous garder saine et sauve.

Luttant pour cacher la joie que ces paroles suscitaient en elle, elle répondit d'un ton léger :

— J'aurais pourtant juré que vous rêviez de me voir disparaître corps et biens !

— Ne dites pas de bêtises, et faites attention à vous !

Sur ces mots, il s'éloigna dans la direction opposée à celle de sa compagne.

D'énormes rafales de vent balayaient maintenant la montagne, et la jeune femme prit conscience du bien-fondé de cet avertissement. A chaque instant, elle devait lutter pour conserver son équilibre, et une certaine inquiétude grandissait en elle de se sentir aussi faible face aux éléments déchaînés. Cependant, après une demi-heure d'une aventureuse progression, elle découvrit enfin une grotte bien sèche et qui paraissait hospitalière. Tapissée de sable blond, elle permettrait aux randonneurs de passer une nuit agréable.

Fière de sa trouvaille, Emily rejoignit l'endroit où Dan et elle s'étaient quittés. Dan faisait triste mine.

— Ne vous inquiétez pas ! s'exclama-t-elle avec enthousiasme. Un véritable petit paradis nous attend.

— Tant mieux ! Mais prenez donc cela, vous allez mourir de froid.

Emily accepta avec reconnaissance le bol de soupe épaisse et bouillante qu'il lui tendait.

— Je suis revenu vite de mon exploration, expliqua-t-il, et j'ai eu le temps de nous préparer un repas réconfortant.

— C'est magnifique ! s'écria-t-elle gaiement. Quant à moi, je pense que vous allez être fier de moi. Cette caverne est merveilleuse.

— Vous n'êtes pas entrée dedans, j'espère ?

— Non. Pourquoi ? demanda-t-elle d'un air déconcerté.

— C'est bien, vous avez su faire preuve de prudence. Imaginez que vous vous soyez retrouvée nez à nez avec une bête sauvage.

Sans oser y penser, Emily se mit à manger d'un bel appétit.

— Nous avons de la chance, déclara soudain Dan. L'orage nous a laissé le temps de finir notre repas en plein air. Mais maintenant, il faut nous dépêcher de gagner un abri. La foudre ne va plus tarder à tomber.

Il lui tendit la main pour l'aider à se mettre debout et glissa les bandoulières de son sac sur ses épaules.

— Restez auprès de moi, dit-il en la saisissant par le bras. Le vent souffle à plus de quatre-vingts kilomètres à l'heure.

Emily n'avait pas besoin de cette recommandation pour suivre ses conseils. Tous deux se mirent à marcher lentement, bravant péniblement la tourmente. Et, brusquement, l'orage éclata au-dessus d'eux avec une telle violence que la jeune femme en fut épouvantée.

— Essayez de courir le plus vite possible ! lui hurla Dan en la prenant par la main.

Emily s'efforça de suivre le rythme qu'il lui imposait sans protester. Malheureusement, après quelques minutes de cette course éperdue, elle se prit les pieds dans une branche morte et tomba de tout son long sur le sol. Une lumière dansa devant ses yeux, et elle perdit connaissance.

— Vous allez mieux ? lui demanda une voix inquiète après ce qui lui parut avoir duré une éternité.

— Oui, murmura-t-elle en ouvrant les yeux.

Ils se trouvaient à présent dans la grotte, et les lueurs des éclairs sur les murs prenaient à chaque instant des formes menaçantes.

— Mon Dieu ! s'exclama Emily en retenant ses pleurs, il fait si froid, ici !

Elle tenta de se redresser, mais Dan la retint fermement.

— Nous n'avons pas la place de nous lever. Restez auprès de moi.

Il ouvrit alors les bras et l'étreignit fiévreusement.

— N'ayez pas peur, je suis là, chuchota-t-il tendrement à l'oreille de sa protégée.

Réconfortée par l'asile qu'il lui offrait, la jeune femme sourit faiblement.

— Oh ! Dan, je suis désolée que ma maladresse vous cause tellement d'ennuis.

— Ce n'est pas votre faute, n'y pensez plus. D'ailleurs, je suis très content qu'une fois encore, vous n'ayez rien de cassé. Les dieux sont avec vous, Emily. A un mètre près, vous tombiez dans un précipice particulièrement abrupt.

La jeune femme frissonna de tout son corps.

— Excusez-moi, ma chérie. Je ne voulais pas vous effrayer.

Comme elle ne répondait rien, il la serra plus fort contre lui.

— Emily ! Parlez-moi, je vous en prie.

— Vous êtes drôle ! Vous venez d'évoquer l'éventualité de ma mort avec le plus grand détachement, et vous attendriez de moi que je bavarde gaiement ?

Dan se mit à rire.

— Décidément, vous n'avez pas envie de me

pardonner. Mais vous savez, j'ai certainement eu bien plus peur que vous.

— C'est cela, oui ! répondit-elle sur un ton moqueur. Dans quelques minutes, vous déplorerez le peu d'attentions dont je vous entoure, n'est-ce pas ?

— N'exagérez pas, Emily. Maintenant, je vous propose la seule chose raisonnable que nous puissions faire, c'est-à-dire dormir. Vous êtes d'accord ?

— Nous allons passer une nuit merveilleuse ! grommela la jeune femme d'une voix boudeuse.

5

Dan avàit raison, le mieux était encore d'essayer de se reposer. Réprimant mal son irritation devant la situation inconfortable devant laquelle ils se trouvaient, Emily se mit à tâtonner autour d'elle pour attraper ses affaires. Il faisait tellement froid dans ce minuscule abri qu'une couverture devenait absolument nécessaire.

— Vous claquez des dents! s'exclama Dan avec sollicitude. Il faudrait que vous enleviez vos vêtements, ils sont trempés. Attendez un instant. Je vais réunir nos deux sacs de couchage, et vous pourrez vous dévêtir sans risquer une pneumonie.

Pestant intérieurement contre le caractère invraisemblable de cette aventure, Emily le laissa faire sans bouger.

— Voilà, allongez-vous, déclara-t-il quand il eut mené à bien son projet.

La jeune femme obtempéra en silence. Lorsqu'elle se fut étendue auprès de lui, Dan se mit tranquillement en devoir de lui ôter ses habits.

— Vous êtes fou ! s'écria alors Emily en essayant en vain de s'éloigner de lui.

— C'est vous qui n'êtes pas raisonnable. Si vous ne me laissez pas faire, vous allez mourir de froid.

La jeune femme abandonna toute résistance. Les mains de Dan sur son corps transi la réchauffaient délicieusement, faisant naître en elle un trouble exquis contre lequel elle n'avait plus guère envie de lutter.

Il enleva habilement le corsage de sa compagne, ôta sa propre chemise et prit la jeune femme dans ses bras. Le contact de son corps contre le sien fit naître en elle un tel plaisir qu'elle se blottit fiévreusement contre lui.

— Détendez-vous, murmura Dan d'une voix vibrante. Je n'aimerais pas que vous tombiez malade, vous savez.

— Vous êtes gentil, reconnut-elle en souriant. D'ailleurs, je vais bien mieux, à présent.

— Mais vous êtes encore toute gelée.

Sur ces mots, il entreprit de frictionner vigoureusement la jeune femme. Elle se sentait si bien qu'elle posa la tête sur son épaule et se mit à écouter le rugissement du vent dans les arbres.

— Heureusement que vous avez découvert cette grotte, ma petite fée ! Il ne ferait pas bon de se retrouver dehors, en cet instant.

— Tout cela est tellement irréel que je n'arrive pas tout à fait à y croire.

— Mais le spectacle en vaut la peine, vous ne trouvez pas ?

— De quel spectacle voulez-vous parler ? L'on n'y voit goutte, ici !

— Vous avez raison, reconnut-il en riant. D'ailleurs, il serait temps que je sorte ma lampe de poche.

Sur ces mots, il fouilla dans son sac pour en extraire une torche puissante qui fonctionnait admirablement.

— Je vous avoue que je me sens plus en sécurité, déclara Emily en balayant l'espace qui les entourait de la lumière électrique.

— De quoi aviez-vous peur ? Que notre refuge soit le repaire de bêtes sauvages tapies dans l'ombre en attendant que nous nous endormions ?

A cette évocation, la jeune femme éclata de rire.

— Vous me prêtez l'imagination d'un enfant craintif, Dan. Je ne sais pas comment je dois l'interpréter.

— Du mieux possible, Emily. Je vous trouve tellement charmante que l'idée de me moquer de vous ne m'a jamais effleuré.

— Menteur ! souffla gaiement la jeune femme.

Leur conversation se poursuivit ainsi, badine et détendue. Etrangement, vu les circonstances plutôt dramatiques de ce tête-à-tête, chacun prenait grand plaisir à cette situation. L'orage continuait de tonner, au-dehors, zébrant le ciel d'éclairs orangés d'une telle intensité qu'ils éclairaient la petite grotte à intervalles réguliers, créant une atmosphère étrange qui renforçait la complicité des rescapés. Ils n'avaient plus conscience du temps qui passait, attentifs seulement à la perfection de cette aventure si singulière que le hasard leur permettait de partager.

— Vous êtes bien ? demanda soudain Dan d'une voix changée, sourde de désir.

Emily frissonna, se rendant compte, brusquement, qu'elle attendait de toute son âme l'instant où leur relation basculerait et où elle pourrait montrer à cet homme si fascinant combien il l'émouvait.

Comme elle demeurait silencieuse, Dan répéta sa question. Troublée, ne sachant que répondre, la jeune femme tourna vers lui un visage transfiguré où se lisaient les sentiments qui tourbillonnaient en elle.

— Emily, chuchota-t-il en approchant ses lèvres des siennes.

L'espace d'un instant, ils hésitèrent, bouleversés par l'imminence de cette union qu'ils avaient tant souhaitée. Puis leurs souffles se joignirent en un baiser si ardent que chacun fut surpris de rencontrer chez l'autre un désir comparable à celui qu'il éprouvait. Le cœur d'Emily battait à tout rompre dans sa poitrine, une impatience fiévreuse s'emparait d'elle... Après toutes ces journées de pudeur et de retenue, elle voulait qu'enfin, s'exauce la passion qui couvait en eux.

Sensible au feu qui la consumait, conquis par sa sincérité sans réserve, Dan se mit à parcourir le corps qui s'offrait à lui d'une main timide, puis plus audacieuse à mesure qu'il découvrait les secrets de sa silhouette exquise.

Emily se laissait faire sans bouger, électrisée par les caresses savantes que Dan lui prodiguait si voluptueusement. Même lors de ses rêves les plus fous, elle n'avait osé imaginer sensations si grisantes ni si extraordinairement sensuelles. Il lui semblait qu'une métamorphose surnaturelle venait de s'opérer en elle, transformant son corps en une multitude de points sensibles qu'une main enchantée éveillait au plaisir. Du plus profond de son cœur montait un hymne de reconnaissance à l'égard de celui qui la faisait renaître à l'amour...

Soucieuse, alors, de lui rendre le bien-être qu'il faisait déferler en elle, la jeune femme se redressa légèrement, resserra l'étreinte qui la rivait à lui avant de l'embrasser avec toute la passion dont elle était capable.

Dan fut surpris par la soudaineté de ce baiser, par sa violence, son intensité. A son tour, il se plia aux exigences de sa compagne, prêtant son corps aux effleurements légers et enivrants dont Emily le comblait. Ils roulèrent sur le sol, la jeune femme se retrouva au-dessus de lui, noya son regard dans le sien...

Suspendus dans l'attente de l'instant où ils s'uniraient, ils prolongèrent ce prélude aussi longtemps qu'il était possible avant que leurs corps ne se rejoignent enfin dans un mouvement d'exaltation partagée. Un même tressaillement les fit vibrer des pieds à la tête, ils se blottirent l'un contre l'autre, éperdus d'émotion et de plaisir. Emily se cambra avec ivresse pour recevoir les baisers que son compagnon éparpillait sur ses seins nus. Comme une liane ondulant au souffle du vent, elle accorda ses gestes au rythme que ceux de Dan lui imposait, et ils se laissèrent emporter par les vagues déferlantes qui les conduisaient à l'extase. Balbutiant des mots inaudibles à l'oreille de son compagnon, la jeune femme agrippa ses épaules, jusqu'à involontairement le griffer. Dan suivait du doigt les courbes harmonieuses de ses hanches, pressant de ses lèvres la chair tendre de sa nuque, insatiable, rêvant de posséder des heures durant la créature adorable qui s'abandonnait à lui. Puis, inexorable et merveilleuse, l'extase culmina en eux, les surprenant au plus fort de la passion qu'ils se montraient. Main dans la main, ils s'étendirent l'un à côté de l'autre, à bout de souffle, heureux comme ils l'avaient rarement été.

— Vous êtes si belle, murmura Dan après quelques minutes de silence.

Emily ferma les yeux, offrant son visage nimbé d'or à l'admiration de celui qu'elle aimait. Dans la lumière vacillante de la lampe, l'incarnat de ses joues rosies par le feu de l'amour semblait aussi pur que celui d'une enfant. Laissant errer son regard le long de sa silhouette gracieuse, Dan sourit, touché par la perfection radieuse de la jeune femme. En cet instant, il avait l'impression de contempler un être trop beau pour être réel, une créature issue d'un rêve. Leur éloignement aux confins de la nature, les derniers fracas de l'orage dans la nuit noire ajoutaient à cette sensation d'étrangeté. Perdus, seuls dans la montagne, ils avaient su créer une atmosphère de paix lumineuse dont l'idée lui serrait la gorge d'émotion.

Mais Emily s'était endormie, emportée par la fatigue de cette interminable journée. Dan l'enveloppa tendrement dans son duvet, éteignit la lampe, et sombra à son tour dans le sommeil.

Chatouillée par la lumière du soleil matinal, Emily ouvrit les yeux. La tête abandonnée contre son épaule, Dan dormait profondément, et elle essaya de se lever sans troubler son sommeil.

— Vous avez bien dormi ? demanda-t-il alors en la retenant par la main.

— Excusez-moi, Dan, je ne voulais pas faire de bruit.

— Je n'aurais jamais supporté de me réveiller

sans vous! s'exclama-t-il en souriant. J'ai l'impression que nous allons pouvoir déjeuner dehors. Il fait beau, aujourd'hui.

— C'est extraordinaire comme le climat change vite, en montagne, répondit Emily d'un air rêveur. C'est très déconcertant, n'est-ce pas?

— Oh? Moi, j'y suis habitué. J'avouerais même que j'aime assez de ne jamais savoir ce que l'heure suivante me réservera.

Comme il est étrange! songea Emily en elle-même, un peu décontenancée par cette confidence. Veut-il me dire par ces mots qu'il a déjà tout oublié de la nuit que nous venons de passer ensemble?

Il faut reconnaître que l'attitude de Dan justifiait cette interprétation pessimiste. Sifflotant d'un air insouciant, il préparait le café sans prêter attention à la jeune femme, se comportant exactement comme si la nuit n'avait pas existé.

Affligée par son indifférence apparente, Emily s'éloigna de quelques pas, le visage sombre et tendu.

Sans doute ne me considère-t-il que comme une femme frivole qui s'est donnée à lui pendant un moment d'égarement, pensa-t-elle en arpentant nerveusement la petite clairière.

— Emily! Que se passe-t-il, voyons? Vous m'en voulez?

La tendre sollicitude qui perçait sous ses propos ne pouvait être feinte. La jeune femme se jeta dans ses bras.

— Oh! Dan... Je crois que la fatigue me rend stupide.

— Ma chérie, il faut absolument me faire confiance et oublier cette inquiétude qui est en vous. Je sais que je ne suis pas quelqu'un de facile, poursuivit-il d'un air grave. Mais souvenez-vous que je suis un solitaire, un homme amer et déçu.

Que voulait-il dire ? Il n'avait jamais rien évoqué de semblable devant elle.

— Mon Dieu ! Nous sommes bien trop sérieux, ce matin. Allons boire du café, cela nous changera les idées.

Gagnée par son entrain, Emily le suivit en courant. Ils mouraient littéralement de faim et, après quelques minutes, la bonne humeur régnait de nouveau entre eux.

Le temps était absolument superbe, le soleil éclaboussait de lumière les pentes enneigées des montagnes qui se dressaient autour d'eux, il devenait impossible de rester triste ou morose.

— Quand on voit ce spectacle, l'on comprend que nos ancêtres aient vénéré le soleil à l'égal d'un dieu, n'est-ce pas ? remarqua soudain Dan d'une voix songeuse.

Emily ne répondit rien, émue jusqu'aux larmes par la beauté bouleversante de ce paysage sauvage où ils vivaient une aventure si intense. Jamais elle ne regretterait d'avoir rencontré Dan Wagner. Avec lui étaient entrées dans sa vie des valeurs qui, jusqu'alors, étaient restées lettres mortes pour elle : le respect, l'admiration pour la nature, le culte de l'effort physique, l'amour de la solitude...

Consciente de la chance qui lui était donnée de passer quelques jours en compagnie d'un homme si enrichissant, elle le regarda d'un œil nouveau. Désormais, il faudrait veiller à ne plus se quereller inutilement avec lui. Les motifs de leurs disputes avaient toujours reposé sur des malentendus auxquels il était sot de prêter attention. Les jours qu'ils avaient encore à passer ensemble ne seraient plus troublés par le moindre incident. Forte de cette décision, Emily eut un sourire de satisfaction.

— J'aime tellement vous voir heureuse, murmura-t-il alors en passant la main dans sa chevelure éparse.

La jeune femme ne put résister au désir de l'étreindre, et elle noua les bras autour de son cou.

— Pardonnez-moi si je suis indiscret, Emily, mais je voudrais savoir pourquoi vous avez divorcé. Il me semble tellement insensé de se séparer d'une femme aussi merveilleuse que vous !

Elle hésita un instant avant de répondre, prit sa respiration et déclara d'une traite :

— Harry ne supportait pas de vivre aux côtés d'une femme qui réussissait mieux dans son métier que lui-même. Voilà la première raison.

— Et la seconde ?

La jeune femme ne voyait plus de motif à garder le silence sur son passé. Dan méritait les confidences qu'elle s'apprêtait à lui avouer.

— Il avait fait la connaissance d'une autre femme, murmura-t-elle dans un souffle.

Le visage de Dan s'assombrit brusquement.

— Cet homme est fou ! s'exclama-t-il avec une pointe de colère dans la voix.

— Peut-être avait-il seulement besoin d'un prétexte pour me quitter. Je ne sais pas.

— Vous l'aimiez ?

— J'étais très jeune quand je me suis mariée. Lorsque je repense à cette période, je me rends compte que je n'avais pas plus de cervelle qu'un moineau. Je faisais n'importe quoi. De sorte que notre divorce ne m'a pas causé grand chagrin.

— Moi aussi, je me suis comporté comme un idiot, reconnut Dan d'un air songeur. Mais, contrairement à vous, j'étais un homme profondément blessé quand je me suis séparé de mon épouse.

— Pourquoi ? Vous aviez eu des enfants ?

— Oh ! Mon Dieu, non ! Sheila n'a jamais accepté cette idée. Ce qui m'a fait longtemps souffrir, d'ailleurs. Même si je m'en trouve bien mieux, à présent.

Il avait prononcé cette dernière phrase sur un ton si amer que Emily en fut sincèrement touchée.

— Je suis désolée, chuchota-t-elle.

— Pourquoi ? Vous n'y êtes pour rien.

— Vous paraissez si triste quand vous évoquez ces moments de votre existence.

— Vous vous en êtes rendue compte ? Je cache mal mon jeu, n'est-ce pas ?

— Là n'est pas la question. Je cherche à vous comprendre, voilà tout.

Malgré la mélancolie de leurs paroles, ils se sentaient mieux, maintenant, de s'être ouvert l'un à l'autre sur les secrets qui leur tenaient tellement à cœur. Cette conversation leur procurait une étrange sensation d'apaisement et, n'eussent été les contraintes de leur randonnée, ils auraient volontiers continué à s'entretenir ensemble des problèmes qui avaient jalonné leur vie. Mais il fallait partir, ce que Dan rappela à regret à sa compagne.

— Nous devrions y aller, Emily. Le soleil est déjà haut dans le ciel.

— C'est vrai. Quel dommage ! laissa-t-elle échapper en regrettant aussitôt cette remarque.

— Vous préféreriez que nous nous reposions, aujourd'hui ? Je l'admettrais parfaitement, vous savez.

Comme il était gentil ! La jeune femme eut un sourire de reconnaissance.

— Ne vous inquiétez pas pour moi, Dan. J'ai très envie de marcher, en réalité.

Sur ces mots, elle se leva souplement et rassembla ses affaires tandis que Dan éteignait soigneusement le feu.

— Vous avez peur des incendies ? Il a plu toute la nuit ; il n'y a aucun risque de ce genre.

Il la considéra d'un air surpris.

— Vous avez raison. J'agis machinalement. Ce réflexe est si bien ancré en moi qu'il faudrait qu'une pluie torrentielle se mette à tomber au moment de mon départ pour que j'y renonce.

Il ressemblait à un enfant fautif que l'on vient de surprendre en flagrant délit, et Emily se mit à rire.

— Vous vous moquez de moi, en plus ! reprit-il d'une voix piteuse.

— Vous n'avez pas l'habitude que l'on formule le moindre commentaire sur votre conduite, n'est-ce pas ? C'est si drôle de vous voir vous expliquer pendant des heures sur ce détail anodin, balbutia-t-elle en riant de plus belle.

— Si quelqu'un nous entendait, il n'y comprendrait goutte. Il n'y a rien d'amusant...

— Oh ! si ! l'interrompit Emily. Le sérieux avec lequel vous étouffiez ces braises, votre indignation devant mes critiques étaient irrésistibles.

— Je me demande si vous n'êtes pas tout bonnement en train de saisir le premier prétexte pour me manquer de respect, répondit-il en fronçant les sourcils.

— Loin de moi cette idée ! Mais nous ne sommes pas sérieux. Il est presque dix heures.

Ils achevèrent leurs préparatifs en un tourne-main avant de se mettre en route. L'orage de la nuit avait dissipé la chaleur étouffante de la veille, et il était délicieux de marcher dans cette atmosphère fraîche et légère. Le cœur joyeux à l'idée de la douce complicité amoureuse qui existait maintenant entre eux, ils grimpaient les pentes les plus arides sans même s'en rendre compte. La jeune femme avait l'impression que la nature tout entière participait à leur allégresse, les souvenirs des difficultés qu'elle avait rencontrées les jours précédents sur des sentiers comparables lui semblaient si loin qu'elle avait du mal à les imaginer, galvanisée par le bonheur intense qui l'habitait. D'ailleurs, elle progressait à un tel rythme que Dan l'observait d'un œil attentif, inquiet de la voir défaillir sous la violence de l'effort.

Vers une heure de l'après-midi, cependant, elle s'arrêta brusquement et se laissa tomber à terre.

— Ouf! Je n'en peux plus, reconnut-elle d'une voix haletante.

— Cela ne m'étonne guère, vous savez. Vous avez littéralement couru pendant trois heures. Même un alpiniste chevronné se sentirait épuisé après une promenade de ce genre. Décidément, vous êtes d'une endurance surprenante! Félicitations, ma chère!

Le compliment la fit rosir de plaisir. Dan était suffisamment avare de paroles pour que l'on prenne cette déclaration au sérieux, et rien ne pouvait satisfaire davantage Emily que les louanges émanant d'un homme aussi exigeant. Cette journée tenait ses promesses; sans doute resterait-elle gravée dans sa mémoire comme l'une des plus belles de son existence.

Tout naturellement, pendant qu'ils déjeunaient, la conversation revint là où ils l'avaient laissée le matin, et ils reprirent les confidences qu'ils avaient commencées à échanger.

— Vos parents vivent encore, Emily ?

— Oui. Mon père est médecin à San Francisco et ma mère, professeur de sciences naturelles dans une école privée.

— Vous avez des frères et sœurs ?

— Non, je suis fille unique. Une enfant gâtée, en quelque sorte.

— Vraiment ?

— En réalité, j'étais plutôt sage et obéissante. C'est pourquoi j'ai choisi la biologie, d'ailleurs. Pour suivre les recommandations de ma chère maman, et me spécialiser dans sa propre discipline.

— A vous entendre, on pourrait croire que vous regrettez ce choix.

— Avec les années, je me rends compte que j'aurais aimé disposer d'un peu plus de liberté pour définir mes aspirations personnelles.

— En fait, vous n'aviez pas la vocation d'une biologiste, c'est cela ?

— Si l'on veut, oui, répondit Emily en regardant au loin.

— Qu'auriez-vous aimé faire ?

L'intonation pressante de sa voix l'encourageait à se confier.

— J'aurais adoré bourlinguer sur toutes les mers pour faire le tour du monde.

— Il est vrai que vous avez la trempe d'une aventurière, déclara Dan sur un ton taquin. Il n'y a qu'à voir la manière dont vous escaladez ces montages !

Sans prendre garde à la lueur moqueuse qui brillait dans son regard, Emily poursuivit d'un air rêveur :

— Ou bien peut-être le métier de vétérinaire m'aurait-il convenu. J'apprécie énormément la compagnie des animaux. Quand j'étais petite, je voulais absolument devenir garde-forestier. Tout cela doit vous paraître bien incohérent !

— Détrompez-vous, répondit-il avec le plus grand sérieux. J'y reconnais au contraire des souhaits comparables aux miens : un désir éperdu d'indépendance, un amour sincère des valeurs authentiques...

Il se tut un instant avant de conclure :

— J'en déduis aussi que vous n'avez pas votre place dans un bureau. Si cette randonnée parvenait à vous le faire comprendre, ce serait déjà une grande chose.

Insensiblement, ils en venaient à aborder les problèmes fondamentaux de leur existence. Les barrières qui s'élevaient hier encore entre eux avaient disparu, remplacées par une confiance illimitée en l'honnêteté de l'autre. Après toutes ces années passées à se replier sur soi pour oublier les souffrances ou les erreurs d'un passé révolu, chacun éprouvait un immense soulagement de pouvoir enfin se confier à une oreille attentive et bienveillante. Le réconfort qu'ils se prodiguaient mutuellement était fait d'estime réciproque, mais aussi de la gaieté, de l'insouciance qu'ils réinventaient ensemble grâce à la qualité des relations qui naissaient entre eux.

6

Emily regardait Dan enfourner ses bagages dans la soute de l'avion. Qu'étaient devenues les trois plus merveilleuses semaines de sa vie ? Pourquoi fallait-il que cette période de bonheur prît déjà fin ?

Heureusement, son corps tout entier offrait la preuve irréfutable du changement qui s'était opéré en elle. Le visage doré et bruni, elle se sentait souple et légère comme une biche, aussi gracieuse qu'une danseuse, aussi solide et sportive que la plus entraînée des championnes.

La jeune femme rencontra le regard que Dan avait posé sur elle, et son cœur se gonfla de nostalgie. Lui aussi avait subi une profonde métamorphose. Ses traits, naguère durs et amers, rayonnaient à présent de confiance et d'enthousiasme. Il paraissait dix ans de moins que lors de leur première entrevue.

Emily soupira, incapable de s'habituer à l'idée de ce retour à la civilisation, folle d'anxiété devant la nécessité brutale et injuste de leur séparation. Dan avait passé les bras autour de sa taille, et le souvenir de toutes les nuits où ils avaient dormi ensemble rendait leurs adieux plus difficiles encore.

— Téléphonez-moi dès votre arrivée pour me raconter votre voyage, demanda-t-il d'une voix sourde.

— C'est promis.

Accompagnant ces paroles d'un pauvre sourire, Emily lui pressa fiévreusement la main.

— Dan...

— Il faut y aller, ma chérie.

La jeune femme détourna la tête. Je ne pleurerai pas ! songea-t-elle en serrant les poings.

— Au revoir. Si je...

Incapable de poursuivre, elle étouffa un sanglot et monta précipitamment l'escalier qui conduisait à l'appareil, salua l'hôtesse sans la voir et se jeta sur le premier siège libre. Quand se reverraient-ils ? Leur mission était terminée ; il serait délicat de trouver un prétexte pour revenir dans cette région. A moins de lui avouer qu'elle rêvait de l'épouser... Pourquoi n'avait-il jamais évoqué cette éventualité devant elle ?

A présent qu'ils étaient séparés, la raison de ce silence s'imposait à elle avec une évidence aveuglante de clarté. Assagi par l'échec, Dan ne voulait plus entendre parler de mariage. Une fois lui avait suffi. Il avait accepté la compagnie qu'Emily lui offrait au hasard d'une randonnée, mais ne voulait pas y donner suite. Malheureusement, la jeune femme était tombée désespérément amoureuse de lui !

Etourdie par le chagrin, Emily laissa ses pensées remonter le fil du temps... Il faisait nuit, ils se reposaient près du feu d'une interminable journée de marche. Dan lui racontait une légende de la région, qu'elle écoutait avec adoration, la tête blottie contre son épaule, envoûtée par le timbre chaleureux de sa voix brûlante de passion.

Les images se succédèrent, plus poignantes au fur et à mesure que l'avion approchait de sa destination. Dan lui avait montré ce qu'était le bonheur, elle sanglotait à présent sur la perte irrémédiable de ce paradis.

Dans le taxi qui l'amenait chez elle, Emily envisageait avec appréhension, le moment où elle se retrouverait seule dans son appartement. Les rues grouillantes de monde lui inspiraient une répulsion proche de la nausée, l'atmosphère enfumée de la ville lui paraissait irrespirable, tout son être souffrait de ce dépaysement trop soudain.

A peine avait-elle franchi le seuil de son domicile qu'obéissant à une impulsion irrésistible, elle se rua sur le téléphone.

— Dan ?

— Vous n'êtes pas trop fatiguée par le trajet ?

— La montagne me manque déjà !

— Vraiment ? San Francisco n'a pas su séduire la citadine invétérée que vous êtes ?

Comment trouvait-il le courage de plaisanter ? Emily ferma les yeux.

— Vous devriez prendre un bain brûlant et dormir, ma chérie.

Il ne voulait plus lui parler ?

— J'espère que vous aurez parfois envie d'appeler le pauvre solitaire que je suis !

— Parfois ?

— Emily ? Si vous saviez combien je regrette votre présence.

105

Ces paroles lui firent l'effet d'un baume apaisant sur une blessure à vif. Elle respira profondément et conclut :

— Au revoir. Dan. A bientôt...

Puis elle raccrocha aussitôt, désireuse de rester sur le souvenir de la phrase tendre qu'il lui avait adressée, consciente, en même temps, que ce subterfuge ne le tromperait pas longtemps.

Doug Adams passa la tête dans l'entrebâillement de la porte.

— Je peux entrer, Emily ?

— Bien sûr, quelle question !

— C'est que vous paraissez si occupée depuis quinze jours que je m'en voudrais de vous importuner. Apparemment, vous avez autant de travail qu'avant votre départ.

Emily posa son stylo. Quinze jours ! Il lui semblait que deux ans s'étaient écoulés !

— Vous oubliez que je dois préparer les dossiers nécessaires au procès qui doit s'ouvrir bientôt, Doug.

— C'est précisément à ce sujet que je viens vous voir. Il faudrait me les remettre avant la fin de la semaine. Vous pensez que ce sera possible ?

Emily s'efforça de chasser le sentiment de découragement qui l'envahissait. Le travail de titan qu'elle fournissait n'avait jamais de fin ; on exigeait d'elle des délais de plus en plus contraignants ! Si Dan ne l'avait pas appelée quotidiennement, elle serait devenue folle !

— Betty est en train de les dactylographier, Doug, répondit-elle avec un soupir de lassitude. Mais avec tout ce qu'elle a à faire, j'ai bien peur que cela ne prenne du temps !

— Je trouve que vous auriez besoin d'être sérieusement secondée, déclara alors Doug.

— C'est vrai, dit Emily sans oser encore croire qu'il lui proposerait de l'aide. Je ne sais plus où donner de la tête !

— C'est entendu. Je me charge d'engager une nouvelle secrétaire.

Il se dirigeait vers la porte, mais se retourna brusquement.

— Au fait, qui doit s'occuper du financement de la mission que vous venez d'effectuer ?

— La Pershing Associates. Pourquoi ?

— Vont-ils nous envoyer Trevor Bates comme gestionnaire ?

— Je n'en sais rien.

— Si c'est le cas, reprit Doug avec une grimace, Dan Wagner et lui vont se lancer dans une guerre sans merci. Ils n'ont jamais pu se souffrir !

Emily ne put réprimer un sourire. Elle imaginait aisément les réactions dont Dan était capable lorsqu'il était confronté à quelqu'un de déplaisant !

— Essayez d'appeler la Pershing Associates pour savoir ce qu'il en est, Emily. Je n'ai aucune envie d'irriter Dan inutilement. Avec un peu de diplomatie, vous pourriez arranger les choses !

— Entendu. Je m'en charge tout de suite !

Il était près de quatre heures et demie, ce même jour, quand Betty fit irruption dans le bureau d'Emily.

— Docteur Stapleton !

Emily leva les yeux du dossier sur lequel elle travaillait, mise en alerte par le ton pressant de sa secrétaire.

— Que se passe-t-il, Betty ?

— J'ai M. Wagner au bout du fil, et il est dans une colère noire. Il veut parler à M. Adams, mais je n'arrive pas à le joindre.

— Je le prends immédiatement.

Elle attendit un instant que Betty ait quitté la pièce.

— Dan ?

— Emily, je voudrais absolument parler à Adams, s'il vous plaît.

— Il n'est pas là pour l'instant.

— Je dois régler cette affaire avec Adams, Emily. C'est lui que cela regarde.

— Mais de quoi s'agit-il ?

— De Trevor Bates ! Bon sang, cet imbécile a été désigné pour financer le projet d'exploitation ! Je ne veux pas de ce type, Emily. Il sème la discorde partout où il passe. Il y a quelques années, il a prétendu qu'un chantier coûtait trop cher dans le seul but de me mettre des bâtons dans les roues. Je ne veux plus avoir à traiter avec lui.

— Une seconde, fit Emily en cherchant à garder son calme. Je voudrais en savoir un peu plus long sur ce personnage.

Elle n'avait jamais vu Dan aussi agité et en était troublée.

— C'est un financier attaché à la Pershing Associates. Un petit bonhomme à lunettes, aux verres épais comme des bouteilles de limonade. Je me demande comment il peut voir les chiffres, avec des yeux pareils ! La dernière fois que nous avons travaillé ensemble, il a tout mis en œuvre pour me rendre la vie impossible. Figurez-vous que, à cause de lui, j'ai fait perdre de l'argent à ma société, ce qui ne m'était strictement jamais arrivé. Et je ne vois pas pourquoi l'occasion ne se reproduirait pas, dans les circonstances présentes.

— Je vais vérifier si sa nomination est officielle, Dan. Avant d'intervenir, attendez d'en être informé. De toute façon, ne vous inquiétez pas ; Doug n'a aucune envie de collaborer avec lui. Je vous rappelle tout de suite.

— Je vous ennuie avec mes histoires, n'est-ce pas ? Oh ! Emily, si vous saviez à quel point j'ai envie de vous avoir près de moi.

Que ces paroles étaient douces à entendre ! Le cœur de la jeune femme se serra.

— Moi aussi, j'ai besoin de vous, Dan. Malheureusement, j'ai tellement de travail qu'il m'est impossible, pour l'instant, de vous rendre visite.

— Votre voix me semble fatiguée, ma chérie. Vous ne vous surmenez pas trop, j'espère.

— Je n'ai pas une minute de répit, reconnut-elle avec lassitude. Vous ne pouvez pas imaginer combien je regrette nos montagnes.

— Je vais essayer de venir à San Francisco, puisqu'il vous est impossible de quitter votre travail. Mais je ne vous promets rien, bien sûr.

— Attendons quelques semaines. D'ici là, je suppose que le plus gros de la tâche sera accompli. L'essentiel est que vous pensiez à moi, poursuivit-elle avec émotion.

— Je pense à vous du matin au soir, ma chérie. J'ai tellement hâte que vous me rejoigniez.

— Le chantier ne commence que dans deux mois.

— S'il commence... Avec ce satané Bates, rien n'est assuré.

— S'il s'opposait à nos projets, la société m'enverrait immédiatement sur place afin que j'établisse une contre-expertise pour prouver que les travaux dont nous avons décidés sont indispensables, quel que soit le coût de leur réalisation.

— Oh ! Il est bien capable d'engager un spécialiste qui déterminerait que vos conclusions sont erronées ! Il l'a déjà fait à maintes reprises. C'est un fin renard, vous savez.

— Qu'importe, du moment que nous aurions l'occasion de nous voir !

— Vous avez raison. En réalité, je devrais me réjouir de sa nomination puisqu'il va faire en sorte que votre présence à Challis soit indispensable. J'attends votre coup de téléphone avec impatience, Emily. J'ai tellement de choses à vous dire...

— A bientôt, Dan.

Quand la jeune femme reposa l'appareil, son visage rayonnait de plaisir. Après cet entretien, elle se sentait complètement remontée !

Emily adressa à Doug Adams un sourire sans entrain. Après un week-end morose, on venait de lui confirmer que la nomination de Trevor Bates était déjà enregistrée. La semaine commençait mal.

— Dan va être furieux !

— Et il aura raison. D'autant plus que Bates a déjà envoyé un biologiste sur les lieux pour contrer vos analyses.

— Cet homme est compétent ?

— Il a le génie de la contradiction. Malheureusement, il est tellement brillant et astucieux qu'en général, ses conclusions paraissent valables. Vous allez devoir vous battre âprement.

— Cela ne me fait pas peur. Je suis sûre que je ne me suis pas trompée.

— Puissiez-vous dire vrai !

110

— Ne vous inquiétez pas, je saurai me défendre.

— Je vous souhaite bon courage, Emily.

Le mois de septembre était arrivé. Debout à la fenêtre de son bureau, Emily regardait les rues de San Francisco qui fourmillaient de monde. Deux mois et demi s'étaient écoulés depuis son retour de la montagne mais, malgré la longueur de ce délai, elle n'avait pu se réhabituer à l'atmosphère survoltée de la ville.

Elle respira avec délices le superbe bouquet de roses que Dan venait de lui faire parvenir. Les mots de la lettre qui accompagnait ce présent défilèrent dans son esprit comme une musique douce et apaisante. « L'automne est presque là, et nous ne sommes pas encore réunis. Vous me manquez... » La sonnerie du téléphone se fit brusquement entendre, interrompant sa rêverie.

— Emily ?

— Dan ! Le cœur de la jeune femme cogna dans sa poitrine.

— Nous avons des ennuis, ma chérie.

— Que se passe-t-il ?

— L'homme que Bates a engagé prétend avoir aperçu une famille de condors des Andes dans la forêt. Bien entendu, il s'agit d'une espèce en voie de disparition.

— Et alors ?

— Bates a immédiatement fait interdire les travaux sous prétexte qu'il ne faut à aucun prix modifier l'environnement de ces animaux.

Il se tut quelques instants avant de reprendre :

— Le problème est que je n'ai jamais rencontré le moindre condor dans cette région, Emily. Pourtant, j'y habite depuis des années. Malheureusement, même si je parviens à le prouver, le programme des travaux sera inévitablement bouleversé. Bates fait suffisamment autorité pour que l'on accorde du crédit à ses mises en garde. Si le chantier ne commence pas à la date prévue, je vais encore perdre des millions !

— Pas dans le cas où nous affirmerions de manière indiscutable qu'il s'est trompé.

— Il faudrait le faire avant la fin de la semaine.

— Je m'en occupe, Dan.

Galvanisée par le défi que l'on venait de lancer à ses compétences, Emily se précipita dans le bureau de Doug pour lui exposer la situation.

— Mes prévisions les plus pessimistes se réalisent, remarqua-t-il avec découragement. Bates est le diable en personne !

— Je vous promets qu'il va regretter son attitude ! s'exclama la jeune femme avec feu. Je prends le premier avion pour Challis, et nous allons voir qui gagnera la partie !

7

Dan guettait l'heure avec impatience, scrutant le ciel à chaque instant pour essayer d'y apercevoir l'avion où Emily avait embarqué. L'appareil apparut enfin à l'horizon et, après quelques minutes, il se posait en douceur sur la piste de l'aéroport. La jeune femme fut l'un des premiers passagers à descendre l'escalier que l'on avait installé en toute hâte, et il se précipita à sa rencontre en ouvrant les bras.

Sans un mot, ils s'étreignirent fiévreusement, bouleversés par ces retrouvailles dont ils avaient tant rêvé.

— Vous êtes absolument ravissante, Emily, murmura Dan en s'éloignant de la jeune femme pour l'admirer à son aise.

Troublée par l'intensité de son regard, elle rougit imperceptiblement, puis le contempla à son tour. Il lui semblait plus séduisant encore que lors de leur dernière rencontre. Vêtu d'un élégant complet sombre qui mettait en valeur sa silhouette sportive, il avait si fière allure que bien des femmes se retournaient sur son passage.

— Vous me suivez, Emily ? Je vous raconterai les nouvelles dans la voiture.

Au bout d'un quart d'heure, ils se retrouvèrent en pleine forêt, et la jeune femme respira avec délices le parfum des pins qui flottait dans l'air. Elle avait si souvent pensé au moment où elle pourrait de nouveau contempler ce paysage superbe qu'elle se sentait émue jusqu'aux larmes. En ce début d'automne, les feuilles commençaient à roussir et, partout où l'œil se posait, il rencontrait une merveilleuse symphonie d'or brunis ou dorés.

— Quel bonheur de respirer de nouveau cet air si pur ! murmura-t-elle brusquement.

— Nous devons une fière chandelle à Bates, n'est-ce pas ?

Emily se mit à rire.

— Vous exagérez. Je croyais que vous le détestiez !

— C'est vrai ; mais c'est tout de même grâce à lui que nous sommes ensemble, aujourd'hui.

— Dire que nous avions besoin de tels prétextes pour nous retrouver ! C'est un peu dommage que le travail ne nous laisse pas une minute de libre...

— Vous savez, Emily, j'en avais tellement assez d'être séparé de vous que, sans votre venue ici, je serais allé à San Francisco avant la fin de la semaine.

— C'est gentil à vous. Mais au fait, Bates est-il à Challis, en ce moment ?

— Oui, grommela Dan. Il s'est établi en pleine forêt et me fait parvenir des nouvelles de temps à autre. Il refuse catégoriquement de me rencontrer

114

en tête-à-tête. Il prétend qu'il ne le fera que lorsqu'il aura terminé son travail.

— C'est-à-dire ?

— Qui peut le savoir ? En réalité, ce n'est pas à moi qu'il s'adresse, mais à mon contremaître, Chuck Bush. Quand je prends la communication, il raccroche.

D'énervement, Dan passait et repassait les doigts dans ses cheveux.

— Cette fois, il dépasse vraiment les bornes. Il n'y a jamais eu de condor dans cette région. Bates ferait mieux de consulter un autre spécialiste car celui-ci est complètement loufoque !

— Ils sont ensemble, lui et le biologiste ?

— Bien entendu !

— Il va donc falloir que je parte à leur recherche.

— Vous n'irez pas seule, je vous le garantis. D'abord, vous n'avez pas une connaissance suffisante du terrain. Ensuite, il a fait si sec pendant l'été que des incendies se déclarent chaque jour. Le service des Eaux et Forêts est continuellement sur la brèche. Et croyez-moi, il n'y a rien de pire qu'un incendie de forêt. Je suis bien placé pour le savoir !

— Pourquoi cela ?

— J'ai travaillé comme volontaire dans une équipe de pompiers, il y a quelques années. La saison avait été si terrible que l'on manquait de bénévoles. On nous parachutait avec le matériel sur les zones sinistrées, et nous devions maîtriser la situation.

— Vous n'avez jamais recommencé ?

— J'ai eu un accident, cet été-là. J'étais en train de sauter quand une bourrasque m'a propulsé contre un arbre. Je me suis évanoui avec une jambe cassée. C'est mon ami Dave qui m'a tiré de ce mauvais pas en me portant sur son dos pour fuir le feu qui progressait dans notre direction.

— Quel terrible métier !

— Sauter n'est pas si impressionnant qu'on se l'imagine. Ce sont les flammes qui représentent un danger redoutable. Le front de l'incendie se déplace parfois si vite qu'il est difficile de comprendre ce qui se passe.

— Quelle horreur si ces montagnes prenaient feu ! fit Emily en frissonnant.

— Il y a des incendies, tous les ans, mais leur importance est variable. En ce moment, nous sommes sur un baril de poudre et j'avoue que je suis inquiet. Malgré mon antipathie pour Bates, j'espère qu'il saurait plier sa tente et revenir à temps au camp si les circonstances l'exigeaient.

— Alors, je ne vais pas pouvoir le rejoindre ?

— Si, mais nous irons ensemble, répondit-il avec un tendre sourire.

— Je suis très heureuse que vous vouliez bien m'accompagner, dit-elle simplement. Quand partons-nous ?

— Demain matin de bonne heure. Chuck va essayer de déterminer la position exacte de Bates. Ne vous inquiétez pas, je suis bien décidé à le trouver. Je veux être là pour voir son prétendu condor !

Les bâtiments paisibles qui les avaient accueillis, quelques mois auparavant, s'étaient transformés en une ruche bourdonnante d'activité. Des dizaines de bulldozers, de tracteurs, de pelleteuses et de Jeeps attendaient que le chantier commence, et la jeune femme fut frappée par le caractère étrange que leur présence conférait au paysage.

— On se croirait dans un décor de science-fiction, confia-t-elle à Dan alors qu'il garait la voiture.

— J'ai hâte de leur donner le signal du départ. Il est ridicule d'immobiliser tant de matériel pendant aussi longtemps. Quand je pense que Bates est responsable de tout ce gâchis ! Mais suivez-moi, Emily, je vais vous montrer notre chambre.

« Notre chambre ». Que ces mots étaient doux à entendre après tant de mois passés à attendre leurs retrouvailles !

Plutôt qu'à une chambre, la pièce où était installée Dan ressemblait à un petit studio.

— Vous avez faim ? demanda-t-il en pénétrant dans le coin cuisine.

— Je meurs de faim, répondit Emily en riant. L'air de la montagne est merveilleusement bénéfique. A San Francisco, je ne pouvais plus rien avaler !

Dan l'observa d'un regard critique.

— Il est vrai que vous avez beaucoup minci. Je suis sûr que vous vous surmenez. Ce n'est pas raisonnable, ma chérie.

Emily baissa les yeux, troublée par l'examen qu'il lui faisait subir. En réalité, son manque d'appétit des derniers mois provenait plutôt du chagrin qu'elle éprouvait à se retrouver seule. Comment le lui avouer ? C'eût été reconnaître qu'elle ne pouvait plus vivre sans sa présence, et cette confidence ne lui paraissait pas souhaitable. En effet, malgré la gentillesse de Dan à son égard, il n'avait jamais parlé de s'engager durablement avec elle.

— Vous êtes fatiguée, n'est-ce pas ?

117

— C'est vrai, oui. Et puis, les montagnes m'ont terriblement manqué !

— Et moi, je vous ai manqué ?

Elle hésita un instant avant de répondre :

— Affreusement, reconnut-elle enfin.

Le regard de Dan s'éclaira.

— Alors, nous étions tous les deux malheureux de vivre si loin l'un de l'autre !

Ils se regardèrent en souriant.

— Je vous sers, ma chérie ?

— Volontiers ; cela a l'air délicieux.

Ils déjeunèrent gaiement en évoquant les souvenirs des semaines qu'ils avaient partagées ensemble. Puis, au moment du dessert, une certaine tension s'installa entre eux, faite du désir qu'ils avaient l'un de l'autre.

— J'ai envie de vous embrasser, Emily, chuchota Dan en se levant.

Il la prit dans ses bras et l'étreignit fiévreusement. Leur après-midi fut merveilleux...

La jeune femme passa la fin de la journée à examiner les différents rapports établis par le biologiste qu'avait engagé Trevor Bates. Quand elle regarda sa montre, il était près de six heures du soir. S'étirant nonchalamment, elle contempla les étendus boisées qui apparaissaient à perte de vue devant elle. Le paysage était vraiment idyllique. Elle se pencha à la fenêtre et respira à pleins poumons l'air frais du crépuscule avant de rejoindre Dan qui travaillait à côté.

— Terminé ? demanda-t-il en levant la tête.

— Absolument, oui.

— Qu'en pensez-vous ?

— Comment juger sans aller voir sur place ?

Les yeux rieurs, elle ajouta :

— Pour l'instant, je voudrais faire une promenade dans la forêt. Serait-ce possible, monsieur Wagner ?

Dan était bien incapable de résister à une requête prononcée sur un ton aussi charmant.

— Je vous accompagne avec plaisir. Que diriez-vous de prendre la Jeep et d'aller faire un tour dans un endroit que vous ne connaissez pas, et dont je suis sûr qu'il vous séduira au premier coup d'œil ?

— Votre proposition me ravit, répondit-elle avec enjouement.

— Il faudrait que vous passiez un chemisier à manches longues. En cette saison, il y a une variété de plantes piquantes qui provoquent des allergies particulièrement désagréables.

La traversée de la vallée fut un véritable enchantement. Les rayons obliques du soleil empourpraient l'horizon d'une lumière si intense que l'on avait l'impression d'assister à un gigantesque incendie.

— Je n'ai jamais rien vu d'aussi beau, murmura Emily avec émotion.

— Cela mérite le déplacement, n'est-ce pas ? Mais attendez, il y a mieux encore.

Sur ces mots, il s'engagea sur un petit chemin de traverse et gara le véhicule à l'orée d'une immense clairière tapissée d'herbe épaisse. Une brise légère faisait voltiger les feuilles mortes qui tombaient des arbres en tourbillonnant avant de joncher le sol de délicates taches de couleur mordorée.

— La forêt m'a tellement manqué ! s'exclama Emily en caressant le tronc lisse d'un peuplier. Mais vous avez raison, cet endroit est le plus magnifique de tous ceux que nous avons explorés ensemble. Quel bonheur de se retrouver ici en votre compagnie ! J'ai l'impression de vivre un rêve extraordinaire.

— Moi aussi, chuchota-t-il en lui prenant la main. Enfonçons-nous au plus profond des bois. J'ai envie de m'éloigner du monde civilisé pour rester avec vous des mois entiers. C'est impossible, malheureusement.

— Nous serions bien ici, pourtant, poursuivit la jeune femme d'un air songeur. Depuis que je vous connais, je crois que je suis tombée profondément amoureuse de la nature.

— Et de moi ?

— La question ne se pose pas, répondit Emily en rougissant légèrement.

Il était près de neuf heures du soir quand tous deux rentrèrent de leur promenade. A peine étaient-ils arrivés que Chuck Bush, l'assistant de Dan, vint leur rendre compte du dernier appel de Trevor Bates.

— Il faut absolument le rejoindre au plus vite, déclara Dan à la fin de ce rapport.

— Prenons l'hélicoptère demain à six heures, proposa Emily en se laissant tomber sur le canapé.

— C'est exactement ce que je pensais faire. Chuck, auriez-vous la gentillesse de prévenir Bates de notre arrivée, s'il vous plaît ?

— Bien sûr, Dan. J'y vais tout de suite.

— Il y a un détail qui me semble curieux, observa alors Emily. Depuis quelques jours, Bates n'évoque plus l'existence de cette fameuse famille de condors.

— Détrompez-vous ! Avant-hier encore, il me l'a longuement décrite au téléphone.

120

— Ah bon ? Les papiers que j'ai lus n'en faisaient pas état. Voilà l'origine de mon erreur.

Dan secoua la tête et attira Emily dans ses bras.

— Oublions Bates et son condor fantôme, souffla-t-il d'une voix tendre. La journée a été longue : allons nous reposer.

— Et le dîner ?

— Nous y penserons plus tard.

La jeune femme se sentait étrangement émue à l'idée de la nuit d'amour qu'ils allaient passer ensemble. Elle ferma les yeux et se blottit contre lui.

— Emmenez-moi dans votre chambre, Dan, souffla-t-elle à son oreille.

La lumière de la pleine lune nimbait leurs visages et leurs corps d'une douce clarté qui mettait en valeur leur mystérieuse beauté. Sensible chacun au charme envoûtant de l'autre, ils s'observèrent longuement, silencieux et fascinés, avant de s'embrasser fiévreusement. Emily eut un gémissement sourd et, prenant son compagnon par la main, le conduisit jusqu'au lit qui les attendait. D'un même mouvement, ils se laissèrent tomber sur le matelas, puis se mirent à rire de la simultanéité involontaire de ce geste. Bien loin de menacer le magnétisme lourd de désir qui régnait entre eux, cet accès de joie ne fit qu'accroître la folle attirance qui les aimantait l'un vers l'autre.

— Dan, aimez-moi... balbutia alors Emily.

A peine avait-elle prononcé cette prière que sa propre audace la stupéfia. Elle ne se serait jamais crue capable de proférer devant un homme des propos aussi francs et explicites. Mais Dan était responsable de la métamorphose si spectaculaire dont elle venait de témoigner devant lui. Son caractère exigeant et fier, l'authenticité de son être, la sincérité absolue de ses engagements, toutes ces qualités avaient eu le don de modifier en profondeur le comportement d'Emily. La réserve méfiante qu'elle avait toujours opposée aux hommes qui l'aimaient — à son mari, en particulier — lui semblait maintenant dérisoire. L'amour exigeait que l'on s'engage totalement vis-à-vis de celui que l'on avait élu. Dissimuler ses sentiments par timidité ou par crainte du ridicule lui paraissait à présent relever d'un égoïsme sans borne. La jeune femme n'avait plus envie de manquer à ce point de générosité.

Absorbée par ces pensées, Emily sentait l'exaltation grandir en elle à l'idée de l'avenir qui serait le leur. Tous deux allaient vivre la plus merveilleuse des aventures : une passion partagée et éternelle.

Galvanisée par cette perspective, elle plongea les yeux dans ceux de Dan pour essayer de voir s'il éprouvait des sensations comparables aux siennes. Ce qu'elle lut dans son regard acheva de la combler. Ses prunelles ardentes exprimaient un si grand bonheur d'être à ses côtés qu'Emily en fut bouleversée. Elle n'avait pas osé espérer que son compagnon se donnerait si complètement à elle.

Les échanges muets tenaient lieu du plus fougueux des serments d'amour. Leur émotion à tous deux était telle qu'il n'existait pas de mots pour en rendre compte. Seuls le langage du corps, la sensualité de leurs caresses pouvaient témoigner de ce lien impalpable et pourtant si fort qui les unissait. Dans un déferlement de joie, Emily étreignit Dan à l'étouffer. La chaleur de sa peau contre la sienne la fit suffoquer de plaisir. Eperdue et ardente, elle se mit à parsemer son torse puissant d'une pluie de baisers auxquels il répondit en mordillant délicatement la pointe de ses seins gonflés. Emily se sentait aussi sensuelle et désirable qu'une femme peut souhaiter l'être. Dan lui ouvrait les portes d'un royaume qu'elle avait méconnu jusqu'à ce jour, celui de la volupté absolue. Un gémissement étouffé s'exhala de ses lèvres entrouvertes, que Dan vint cueillir en posant sa bouche contre la sienne.

Puis, incapable de résister plus longtemps au désir qu'elle éveillait en lui, il se mit à parcourir sa silhouette gracieuse d'effleurements légers et hostiles qui produisirent sur la jeune femme l'effet de flammes incandescentes léchant sa peau nue. Sur le point de perdre le contrôle d'elle-même, elle noua les jambes autour de sa taille et s'agrippa à ses épaules en murmurant des paroles inaudibles. N'y tenant plus, alors, Dan s'unit à elle avec une douceur et une tendresse infinies. Leurs corps surent aussitôt trouver les gestes qui les combleraient. Lorsque l'extase fut à son comble, ils échangèrent un dernier baiser avant de s'échouer sur le lit sans desserrer leur étreinte.

8

Les yeux plissés par l'effort, Trevor Bates surveillait les deux silhouettes qui approchaient de son campement en grimpant péniblement le sentier abrupt qui y menait. Lorsque Dan et Emily furent arrivés en haut de la pente, la jeune femme se détacha de son compagnon et rejoignit seule le guetteur.

— Monsieur Bates ? Je suis Emily Stapleton. Enchantée de faire votre connaissance.

Bates prit la main qu'elle lui tendait et la serra avec une réticence visible.

— Je crois que vous avez déjà rencontré M. Wagner, poursuivit Emily sur un ton neutre.

— En effet, oui. Mais asseyez-vous, je vous prie. Vous prendrez bien une tasse de ce café infect. La marche a dû vous épuiser.

Il était difficile de savoir s'il s'adressait à Emily seulement. Dans le doute, Dan resta un peu en retrait et en profita pour examiner les alentours. Bates avait littéralement saccagé l'espace sur lequel il vivait depuis plusieurs jours. Sur une superficie d'à peu près cent mètres carrés, l'endroit ressemblait à un terrain vague jonché de papiers gras, de boîtes de conserve et de mégots.

— Votre ami le biologiste ne vous a pas appris que l'un des premiers devoirs du randonneur est de respecter l'environnement dans lequel il évolue ?

La question avait jailli de ses lèvres malgré lui.

— Mêlez-vous donc de ce qui vous regarde, monsieur Wagner. Vous n'êtes pas payé pour jouer les gardes-forestiers, que je sache !

Surprise par l'animosité extrême de cet échange, Emily avait sursauté. Dan n'avait pas menti : les deux hommes se haïssaient cordialement !

— Accepteriez-vous que je vous accompagne dans vos recherches pendant un ou deux jours ? demanda Emily en feignant de n'avoir rien entendu.

— Bien sûr. Mais vous avez sûrement eu connaissance de mes rapports. Je ne vois pas ce que vous pourriez apprendre de plus.

— Votre associé est parti ? intervint alors Dan d'une voix venimeuse. Je me demande comment un gestionnaire peut prétendre détenir la compétence d'un biologiste.

— Vous n'êtes pas au courant ? répondit Bates sur un ton triomphal. Depuis trois ou quatre ans, je poursuis des études de biologie par correspondance. Je suis diplômé, à présent. Peut-être autant que votre compagne...

— Le doctorat s'obtient en huit ans au minimum, observa sèchement Emily.

Dan se taisait, apparemment stupéfait par la nature des révélations qu'il venait d'entendre. Cette prétendue compétence de Bates allait rendre les choses terriblement délicates. Peu soucieux de rester en compagnie de cet homme odieux, il s'éloigna du campement. Après tout, cette discussion relève de la formation scientifique d'Emily, songea-t-il pour excuser sa fuite. Je ne suis pas un expert, moi ! D'ailleurs, il est préférable que je n'assiste pas à leur entretien. J'ai trop envie d'insulter Bates toutes les fois qu'il ouvre la bouche !

Derrière lui, la jeune femme continuait de converser avec son collaborateur d'un jour.

— Comme il est convenu que je redescendrai à la base avant la nuit, je vous serais reconnaissante de bien vouloir m'expliquer vos projets le plus tôt possible. C'est-à-dire maintenant, conclut-elle en risquant un sourire que Bates feignit d'ignorer.

— Docteur Stapleton, j'aimerais savoir pourquoi l'on vous a demandé de venir ici. J'ai déjà travaillé pour la Cascade Associés, et ils n'ont jamais rien eu à me reprocher. Sinon ma rigueur, mon goût pour les choses précises qui n'ont pas eu l'heur de plaire à M. Wagner. Mais vous savez, mon seul but est de ne pas faire perdre d'argent à ceux qui m'emploient.

Emily fit appel à tout son tact pour ne pas le froisser en changeant de sujet de conversation.

— L'annonce de l'existence d'une famille de condors des Andes dans la région a, vous le pensez bien, surpris la Cascade Associés. Il est naturel que la direction envoie l'un de ses associés pour vérifier une découverte aussi étonnante. Il va falloir que nous nous entendions sur les mesures à prendre.

— Je ne mets pas en doute votre bonne foi, docteur Stapleton. Mais le fait que Dan Wagner vous ait suivi m'inquiète un peu. Je n'ai aucune confiance en ses qualités professionnelles. De plus, nous avons un compte personnel à régler, qui remonte à des années.

Plongeant son regard noir dans les yeux dorés qui le fixaient, il ajouta :

— Etes-vous certaine qu'il n'y a pas un lien entre notre querelle et votre présence ici ?

— Bien sûr que non, prétendit Emily. Je suis biologiste, monsieur Bates, et en tant que telle, je m'intéresse à vos découvertes pour en vérifier la pertinence. Pour avoir su identifier un condor, il faut que vous soyez spécialisé en ornithologie, n'est-ce pas ? poursuivit-elle pour le tester.

— Je dois préciser qu'il revient à mon associé d'avoir le premier aperçu ces oiseaux. Mais, pour répondre précisément à votre question, oui, mes études m'ont permis de me familiariser avec ce domaine. A ce sujet, si vous saviez combien je suis heureux de pouvoir diversifier mes activités ! Le métier de gestionnaire commençait réellement à me peser. A présent que je peux conjointement exercer deux professions pour parvenir à un but unique, je suis le plus heureux des hommes.

— Emily ! lança Dan fort à propos.

Ouf ! songea la jeune femme. Bates avait l'air prêt à monologuer pendant des heures !

— Je viens de recevoir un message radio de la part de Chuck, reprit Dan. Les conducteurs de tracteurs et de bulldozers que nous avons engagés se rebellent. Ils en ont assez de rester inactifs dans cette région perdue et veulent s'en aller. Il faut que je redescende dans la vallée pour les apaiser. Vous pourrez vous débrouiller sans moi ?

Comme Bates s'était éloigné d'eux, Emily répondit en souriant :

— Cela va être dur !

— Vous préféreriez que je reste ? demanda Dan d'un air soucieux.

— Non, je plaisantais. En fait, il vaut mieux que je sois seule avec lui. Votre présence l'exaspère tellement que nous n'aurions pas la moindre chance d'obtenir des résultats positifs si vous étiez là.

— Je vous laisse ma radio, Emily. S'il y a le moindre problème, n'hésitez pas à m'appeler.

Il se tut un instant.

— Je ne voudrais pas vous affoler inutilement, ma chérie. Mais il faut que vous sachiez qu'un ou plusieurs ours rôdent dans les parages. Lors de ma petite promenade, tout à l'heure, j'ai bel et bien discerné des traces de pas. Cela n'aurait rien d'étonnant, d'ailleurs. Avec toutes les saletés, tous les reliefs de pourriture que Bates a accumulés, les bêtes sont attirées vers son campement.

— Quelle horreur ! s'exclama Emily en pâlissant.

— Ne vous inquiétez pas, voyons. A priori, les ours ne sont pas agressifs envers l'homme. Mais ils sont très gourmands et peuvent essayer de voler de la nourriture. C'est pourquoi Bates est tellement imprudent d'abandonner toutes ces saletés à leur portée. Si l'un d'entre eux se dirige vers vous, ne paniquez pas. Essayez simplement de monter à un arbre jusqu'à ce qu'il soit parti.

— C'est charmant !

— Il y a fort peu de chances que la situation se produise. De toute façon, en ce cas, il faudrait aussitôt me joindre par radio. Maintenant, j'y vais, Emily. A ce soir. Je reviendrai vers cinq heures !

Sur ces mots, il s'éloigna de la jeune femme, s'entretint quelques instants avec Bates de l'itinéraire qu'il suivrait aujourd'hui, le nota soigneusement sur sa propre carte avant de s'engager sur le raidillon et disparaître.

— Nous allons pouvoir travailler sans qu'il s'en mêle, déclara alors Bates en s'approchant d'Emily.

Elle ne répondit rien. Bates lui jeta un coup d'œil désapprobateur, puis s'exclama brusquement :

— Le condor !

Il se mit à courir comme un fou, la tête levée vers le ciel.

— Suivez-moi, vite !

De l'endroit où elle se trouvait, les arbres l'empêchaient de voir le point qu'il désignait du doigt. Mais, gagnée par la curiosité, la jeune femme s'engagea à la suite de son compagnon. Le soleil brillait si fort qu'il était difficile de garder les yeux ouverts à fixer l'horizon.

— Vous avez vu ! s'exclama Bates en faisant demi-tour. Vous avez vu cette envergure ? C'est extraordinaire !

— Je ne comprends pas comment vous avez pu distinguer quoi que ce soit. Pour ma part, je n'ai aperçu qu'un gros point noir, difficile à...

— Je connais la destination qu'il a prise, l'interrompit Bates avec exaltation. Nous allons le suivre. Oui, c'est ce que nous allons faire. Je prends ma caméra. Vous emportez votre sac. Allons, dépêchons-nous !

Trop stupéfaite pour réagir, Emily s'empara machinalement de ses affaires.

— Nous allons marcher jusqu'à une falaise qui se trouve à quelques kilomètres, au sud de cette clairière. Ils s'y rendent souvent, celui-ci et sa famille, pour chercher de la nourriture. Vous venez ?

— Oui, mais...

Emily n'avait pas fini d'accrocher son sac à dos.

— Laissez tout cela ici, ne soyez pas ridicule.

Sans doute a-t-il oublié qu'il m'a donné un ordre contraire, il y a quelques minutes, songea Emily en haussant les épaules.

La nervosité extrême de Bates la déconcertait. Elle n'avait jamais travaillé avec un homme aussi lunatique.

Pendant les heures qui suivirent, la jeune femme n'eut plus le loisir de réfléchir aux particularités de son compagnon. Ce dernier avançait si vite, en effet, qu'elle ne pensait plus qu'aux souffrances occasionnées par un effort trop brutal. Vers midi, cependant, elle le força à prendre une pause.

— Il est hors de question que je continue sans manger, déclara-t-elle avec feu.

— Très bien, très bien, grommela Bates en se laissant tomber à terre.

— Mon Dieu! s'écria-t-elle en fouillant dans son sac.

— Qu'y a-t-il?

— Ma radio! Je l'ai laissée au camp.

Bates haussa les épaules.

— J'ai la mienne. Ne vous inquiétez pas.

Se souvenant que Dan avait, hier, affirmé qu'elle fonctionnait mal, elle risqua timidement :

— Vous êtes sûr qu'elle marche?

Bates lui jeta un regard offusqué.

— Naturellement, elle marche! Elle ne m'a jamais quitté depuis six ans. Allons, ne vous inquiétez pas. J'ai l'impression d'entendre Wagner et ses sempiternels conseils de sécurité.

— Je ne pense pas que Dan Wagner ait entièrement tort, répliqua Emily en fronçant les sourcils de mécontentement. La forêt est extrêmement

130

sèche, figurez-vous, et il y a sans cesse des incendies. On ne peut pas le blâmer d'aller au-devant des dangers qui nous guettent.

— Quant à moi, je suis convaincu que Wagner serait ravi que je grille sous le feu comme un poulet, railla Bates.

La colère gagnait Emily. Elle comprenait, à présent, l'antipathie de Dan pour ce petit homme myope et hargneux. Elle avala une gorgée d'eau à sa gourde pour se calmer et se leva.

— Allons-y, dit-elle en songeant qu'au moins, Bates se taisait en marchant.

La montée devint de plus en plus pénible à mesure qu'ils avançaient. De sorte qu'il était près de quatre heures quand ils atteignirent enfin leur destination. Emily détacha le serre-tête qui lui ceignait le front et essuya la sueur qui ruisselait sur son visage. Puis, prenant son courage à deux mains, elle déclara :

— Il est tard. Je voudrais joindre Dan par radio, s'il vous plaît.

— Une seconde ! répondit Bates d'un ton impatient tout en surveillant les falaises qui se dressaient devant eux.

Le soleil était incroyablement brûlant, et la chaleur répercutée par les rochers de lave et de basalte faisait monter des vagues d'air chaud, irisées et frémissantes. Ils se trouvaient à l'orée de la forêt. Emily attendit un instant, puis revint à la charge.

— S'il vous plaît ! Je me moque du condor. Appelez la base.

Tout en maugréant des paroles inaudibles, Bates rangea ses jumelles, ouvrit son sac et s'empara de la radio d'un geste brusque qui déséquilibra l'appareil. Il le regarda tomber à ses pieds sans rien faire pour limiter les dégâts. Emily dut se retenir pour ne pas le gifler. Elle avait maintenant la certitude que, sans avoir vraiment fait exprès de briser la radio, il n'avait jamais eu l'intention de la lui prêter pour qu'elle joigne Dan.

— Il n'y a pas de mal, déclara-t-il avec aplomb.

Il tourna un bouton, plissa le front, tourna un autre bouton, et porta enfin l'objet à son oreille.

— Quelque chose de cassé? demanda Emily d'une voix tremblante.

Il vérifia la batterie, puis haussa les épaules.

— On dirait.

— Mais il faut absolument rentrer en contact avec Dan. Il va s'inquiéter affreusement!

Bates lui jeta un regard moqueur.

— Allons, docteur Stapleton, remettez-vous!

Les pensées se pressaient dans l'esprit d'Emily. Si Dan revenait à cinq heures, comme il l'avait dit, il ne les trouverait pas. Elle se retourna pour apprécier la distance qui les séparait du camp. Il leur avait fallu beaucoup de temps pour atteindre l'endroit où ils étaient actuellement. Et la nuit tombait aux alentours de sept heures. Devait-elle rester sur place ou risquer de regagner le camp en marchant dans la nuit?

Elle se tourna vers Bates, les yeux pleins de colère.

— A voir la façon dont vous vous organisez, Bates, je ne donnerais pas cher de vos travaux scientifiques. Maintenant, nous devons choisir: ou nous dormons et rentrons demain matin, ou nous partons tout de suite.

— Passons la nuit ici, docteur. Cela augmentera

vos chances d'apercevoir le condor. De toute façon, Wagner nous attendra.

Il sourit, puis partit en chantonnant ramasser du bois sec afin de faire un feu pour la soirée.

— Etablissons le camp à l'orée de la forêt. Nous allons tirer le meilleur parti possible de la situation. Ce soir, j'essaierai de réparer la radio, ne vous inquiétez pas, docteur Stapleton!

Emily prit sans enthousiasme les jumelles que Bates lui tendait. Le soleil était déjà couché depuis longtemps et il était difficile de distinguer quoi que ce soit.

— Vous le voyez? Là! Juste là!

Lèvres serrées, Emily s'efforçait de centrer l'oiseau qui venait de s'envoler. Enfin, elle réussit à le localiser.

— Ça y est, je l'aperçois!

— Alors?

Emily abaissa les jumelles et se tourna vers Bates, le regard empli de dégoût.

— C'est un vautour, Bates. Ce n'est pas un condor.

Les yeux de son interlocuteur s'agrandirent.

— Non! s'écria-t-il en s'emparant des jumelles. Ce n'est pas possible! Il n'y a que les condors qui aient cette taille!

— Je sais reconnaître les vautours, monsieur Bates. Ils n'ont pas de plumes autour du cou, et la peau dénudée qui apparaît à cet endroit est rouge. Les condors non plus n'ont pas de plumes à cet endroit, mais leur chair est pratiquement aussi blanche que de la peau humaine.

Elle se détourna et marcha vers le feu. Là, épuisée par les tensions et la fatigue de la journée, elle s'allongea sur son sac de couchage, en espérant que Bates donnerait suite à sa promesse de réparer la radio.

Il s'approcha d'elle, silencieux et morne. Il n'acceptait pas de s'être trompé et consulta pour la dixième fois un livre d'ornithologie qu'il emportait toujours avec lui.

— Pourriez-vous regarder la radio, s'il vous plaît ?

Il abandonna son livre à regret.

— Tout de suite, oui.

La jeune femme eut du mal à en croire ses oreilles. Cet homme n'était peut-être pas aussi mauvais qu'il en avait l'air !

Malheureusement, ses espoirs furent de courte durée. Bates s'avéra incapable de remettre l'appareil en état. Au bord des larmes, Emily se faufila dans son duvet et appela de toutes ses forces le sommeil qui l'empêcherait de penser à Dan. Après une heure d'efforts, elle s'endormit enfin.

9

La voix aiguë de Bates traversa brusquement son sommeil.

— Docteur Stapleton !

Tout ensommeillée, Emily roula sur le côté. Mais Bates la prit par les épaules et la secoua durement.

— Que se passe-t-il ? demanda-t-elle en se redressant en sursaut.

— Vite ! Levez-vous ! s'écria Bates en se tordant les mains.

Il paraissait tellement effrayé qu'Emily sentit l'anxiété la gagner. C'est alors qu'elle se rendit compte qu'une odeur de brûlé flottait dans l'air.

— Un incendie ! hurla-t-elle en se levant d'un bond.

— Il est énorme, il faut partir tout de suite, poursuivit Bates en la regardant fixement.

La jeune femme lui jeta un coup d'œil inquiet. Il semblait proche de la crise de nerfs.

Pourvu qu'il ne craque pas ! supplia-t-elle pour elle-même. Dans les circonstances présentes, ce serait dramatique. Il risquerait de ne plus savoir du tout reconnaître le chemin.

— Prenons chacun notre carte, lança-t-elle, le plus calmement possible. Comme l'incendie est, de toute évidence, situé sur le chemin que nous avons emprunté ce matin, il faut trouver un autre itinéraire.

— Je ne pense pas, répliqua Bates. Nous devrions nous engager sur ce sentier pendant une dizaine de kilomètres. A partir de là, je connais un trajet qui bifurque vers l'ouest et permet de rejoindre le camp en évitant le feu.

— Vous êtes fou ! Nous n'allons pas marcher au-devant du danger, ce serait un suicide !

Bates pâlit brusquement.

— Vous avez peut-être raison.

Consultant fébrilement la carte, Emily désigna soudain un point noir.

— Il y a un refuge, à cet endroit.

— Mais c'est à plus de soixante kilomètres ! s'écria Bates, le front ruisselant de sueur. Nous n'y arriverons jamais ! Il faut revenir au camp, marcher vers le nord. C'est là qu'on viendra à notre secours.

— Je vous jure que ce ne serait pas raisonnable, Bates.

Un vent de nord-ouest se levait. Il allait pousser le feu vers eux encore plus vite. Le ciel était clair ; il ne fallait pas compter sur la pluie pour les aider !

— Jamais nous n'arriverons à ce refuge, docteur Stapleton, dit Bates d'un ton plus assuré. Faites ce que vous voulez. Moi, je rentre au camp !

Emily le considéra, incapable de comprendre son attitude.

— Vous êtes fou, répéta-t-elle sèchement. Ce

point noir est notre seule issue. Là-bas, je préviendrai que vous avez regagné votre base, si vous vous obstinez dans votre idée.

— Je suis fou ? s'écria Bates en roulant des yeux exorbités. C'est vous qui êtes folle ! Pour arriver, il va vous falloir franchir un col de deux mille six cents mètres d'altitude et traverser ensuite toute la vallée. Cela va durer des siècles !

— Je préfère marcher plutôt que de brûler vivante, répliqua Emily. A présent, il faut partir. Je vous conjure de me suivre, Bates.

Il secoua négativement la tête.

— Non. Vous allez mourir de faim et de fatigue. Ma solution est la meilleure.

La jeune femme lui lança un regard farouche et, passant devant lui, se mit à rassembler ses affaires.

— Bates, au cas où vous seriez sauvé le premier, puis-je vous demander d'avertir les secours que je me dirige vers le refuge ?

Bates se calma brusquement et répondit d'une voix plus normale.

— Naturellement : bonne chance.

Emily ne chargea son sac que du matériel essentiel, une trousse de secours, sa gourde, une couverture et de la nourriture pour deux jours.

— Bonne chance à vous aussi, fit-elle en fixant soigneusement la courroie autour de sa taille.

Avant de disparaître, elle regarda Bates une dernière fois. Il courait vers le nord, et le spectacle de sa silhouette nerveuse qui se découpait sur le ciel orangé lui serra le cœur. Pourvu qu'il arrive à bon port ! songea-t-elle avec anxiété.

S'efforçant de ne plus y penser, elle régla son pas sur l'allure qui lui semblait la moins fatigante et passa en revue les conseils que Dan lui avait prodigués, quelques mois auparavant.

Bien que le soleil vienne à peine de se lever, il régnait déjà une chaleur étouffante et, après une heure de marche, la jeune femme était déjà courbatue et ruisselante de sueur.

Pourquoi n'ai-je pas fait de sport à San Francisco? se reprochait-elle sans cesse. Comment vais-je réussir à franchir le col dans cet état de fatigue? Dire qu'il est encore à vingt kilomètres...

A midi, Emily était complètement fourbue de fatigue. Malgré son désir d'aller le plus vite possible, elle dut s'arrêter pour se restaurer un peu. Mon Dieu! s'écria-t-elle soudain. L'odeur de brûlé!

Au bord de la panique, elle rassembla ses affaires en un tournemain et se mit à courir, refusant obstinément de regarder derrière elle pour voir si le feu ne la suivait pas. Quand enfin, la montagne abrupte qu'elle devait franchir apparut devant elle, Emily poussa un soupir de soulagement. Il n'y avait pas un seul arbre sur cette surface rayonnante de blancheur. La jeune femme grimpa à la hâte cinq cents mètres de dénivellation, puis se résolut à observer le paysage qu'elle laissait derrière elle. Elle avait eu raison de courir. Se propageant à une vitesse inouïe, l'incendie faisait rage à un kilomètre à peine. Du promontoire où elle se trouvait, Emily pouvait apprécier l'ampleur du désastre. Une boule lui serra soudain la gorge. A l'emplacement où Bates avait installé son campement, des flammes énormes s'élevaient. Pourquoi s'est-il obstiné à ne pas m'accompagner? songea Emily en retenant ses pleurs. Mais il ne fallait pas y réfléchir avant d'être sûre qu'un accident avait eu lieu. La jeune femme reprit sa lente progression. Le soleil l'aveuglait, un

138

bourdonnement continuel martelait ses tempes, ses pieds la faisaient horriblement souffrir. Mais il fallait continuer coûte que coûte sous peine de risquer une insolation. L'image d'arbres sous lesquels elle pourrait enfin dormir s'imposait à son esprit avec une précision obsédante; elle avait l'impression de vivre un terrible cauchemar. Emily continuait de grimper... Le sommet! Enfin! Et en bas, la forêt! Verte! Fraîche et ombragée... Le calvaire de la jeune femme s'achevait!

— Qu'on m'amène un hélicoptère! Je veux y aller moi-même.

Les bureaux de Dan étaient devenus le centre bourdonnant des escouades d'incendie envoyées par les Eaux et Forêts. Des centaines d'hommes s'organisaient par équipes pour partir au feu.

Il était une heure de l'après-midi, et l'on restait sans nouvelles d'Emily et de Bates. Le casque sur la tête, Dan se dirigea vers le bâtiment où était installé l'appareil de radio. Il n'avait pas dormi de la nuit, mais ne se rendait plus compte de la fatigue. Le remords le tenaillait à l'idée qu'il avait abandonné Emily en pleine forêt et que, par sa faute, elle avait peut-être eu un accident. Son silence était tellement inexplicable! Il avait pris le soin de lui laisser une radio en parfait état, et elle ne lui avait pas adressé le moindre message. Que s'était-il passé? Mais il fallait s'étourdir d'action pour ne plus réfléchir sans cesse à ces questions obsédantes.

— Dan! s'écria un pilote en descendant de son hélicoptère. Je reviens du camp de Bates. Il a entièrement brûlé. Si jamais ils ont essayé d'y revenir...

139

Dan était devenu blanc comme un linge. L'homme se reprit aussitôt.

— Bates connaît suffisamment la forêt pour ne pas commettre une erreur aussi grossière, assura-t-il pour rattraper sa maladresse.

Dan ne répondit rien et regagna lentement son bureau. Emily ! Un poids écrasait sa poitrine à l'idée des drames qui avaient pu lui arriver. Connaissant Bates, il était sûr que cet idiot avait perdu la tête devant le danger. Mais pas Emily. Il l'avait vue à l'œuvre. Leur seule chance était le refuge. Emily avait-elle eu le flair de marcher dans cette direction ? Dan s'arrêta brusquement, le cœur étreint par une angoisse insupportable.

Bon sang, je t'aime, Emily ! Je ne veux pas te perdre. Mon Dieu ! ce n'est pas possible, je viens juste de te connaître...

Les tempes douloureuses, il leva la tête vers le ciel rougeoyant. Pourquoi n'avait-il pas su lui avouer qu'il l'aimait ? Pourquoi n'avait-il rien dit quand il la tenait dans ses bras, deux jours auparavant ?

— Dan ! Dan ! appela Chuck. Venez vite !

Dan revint vers le bâtiment de radio au pas de course.

— On a retrouvé Bates ! Brent vient d'envoyer un message. Il l'a repéré.

— Et Emily ? Elle est avec lui ?

— Brent n'a parlé que d'une seule personne.

— Quelles sont les coordonnées ? demanda Dan en se dirigeant vers la carte.

Il se sentait envahi par la nausée. Son instinct lui soufflait qu'ils n'étaient pas ensemble. Lèvres serrées, il écouta Chuck énoncer la situation de Bates et, d'un geste rapide, pointa le lieu sur la carte.

— Bates se trouve au sud de son camp, marmonna-t-il.

La veille, il les avait cherchés au nord pendant trois heures !

— Chuck hocha la tête.

— Brent vient de dire que la chaleur de l'incendie est terrible. Il va envoyer un message dès qu'il aura ramassé Bates.

Dan n'attendit pas que le pilote ait coupé le moteur de l'hélicoptère pour s'avancer vers la porte. Bates mit pied à terre.

— Où est Emily ?

Bates se recroquevilla sous l'assaut. Ses bras étaient en sang, et il avait des hoquets nerveux.

— Je ne sais pas, répondit-il sur un ton lamentable.

Les yeux de Dan se rétrécirent de fureur. Il saisit l'homme par les épaules et le secoua violemment.

— Comment, vous ne savez pas ! L'auriez-vous abandonnée ?

— Non ! Elle voulait aller au refuge, et je lui ai dit que c'était de la folie.

Le regard de Dan s'éclaira d'une lueur d'espoir.

— Au refuge ? C'est sûr, Bates ?

— Oui !

Sans le moindre ménagement, Dan poussa Bates jusqu'au bâtiment de radio et désigna la grande carte affichée au mur.

— Montrez-moi exactement où vous vous trouviez, quand vous l'avez quittée.

Bates mit quelques instants à rassembler ses idées, puis il indiqua d'un doigt tremblant :

— Là... C'est là que nous avons campé, la nuit dernière. Nous nous trouvions à vingt kilomètres au sud de mon campement. Elle a pris la carte et a dit qu'elle suivrait ce parcours.

Dan réfléchit rapidement. Aux dernières nouvelles, l'incendie avait contourné le col et il continuait sa progression vers le sud. Si Emily avait marché suffisamment vite, le feu ne l'avait pas encore rattrapée. Mais il fallait faire vite !

Le visage empreint d'une extrême dureté, Dan se dirigea vers l'hélicoptère qui avait ramené Bates et s'installa aux commandes de l'appareil.

Il était maintenant trois heures de l'après-midi. Emily était si épuisée que ses jambes se dérobaient sous elle. Mais elle sentait la chaleur de l'incendie dans son dos et ne pouvait s'arrêter. La montagne n'avait pas offert d'obstacle suffisant aux flammes dévorantes qui menaçaient de détruire toute la région. Le visage noirci, le corps tremblant de fatigue, elle avait abandonné son sac à dos, indifférente aux provisions qu'il contenait.

La fumée faisait pleurer ses yeux et l'empêchait de respirer. Les flammes n'avaient pas encore atteint la crête qu'elle avait escaladée dans la matinée, mais la chaleur était devenue insoutenable. En même temps qu'elle s'enfuyait, des centaines d'animaux sauvages et le spectacle de cette déroute aggravaient encore son angoisse. La terreur s'insinuait lentement en elle, contre laquelle il devenait de plus en plus difficile de lutter.

D'ici peu, songeait-elle, je ne serai même plus capable de courir ; les animaux non plus. Nous mourrons tous.

Je ne veux pas mourir. Oh ! Dan, Dan ! Je t'aime, cria-t-elle à tue-tête pour se redonner courage.

Il restait encore à franchir une barrière rocheuse

relativement peu élevée; quelque part, au fond de la vallée, se trouvait le refuge. Elle abordait donc la dernière étape du parcours.

Tout en se faufilant entre les blocs de granit, elle aperçut à plusieurs reprises la surface miroitante d'un lac, et ce spectacle lui rendit espoir. La jeune femme se sentait pourtant aux limites de la résistance. Mais le sommet était proche. Emily se hissa péniblement sur le rocher le plus haut, opéra un rétablissement. Son pied glissa, elle fut projetée en avant, et brusquement, l'obscurité totale se fit en elle.

Quand Emily reprit conscience, des élancements douloureux lui vrillaient les tempes. Elle se mit péniblement à genoux et porta la main à son front. Il était poisseux et tiède de sang. En regardant autour d'elle, elle se rendit compte que la vallée était proche. Combien de temps était-elle restée évanouie? Le paysage semblait tourner autour d'elle, sa bouche était sèche, la chaleur effrayante. Rassemblant ses dernières forces, elle se leva péniblement.

Quelle distance lui restait-il à parcourir jusqu'au refuge? Trois kilomètres, peut-être quatre. Mais, soudain, l'image du lac s'imposa à elle avec une netteté hallucinante. Il fallait y courir, là était le salut.

Comme dans un rêve, sans savoir quelles forces lui permettaient encore d'avancer, Emily se remit en marche. Un nom résonnait dans sa tête : Dan! Elle l'aimait, elle ne voulait pas mourir sans avoir pu bâtir son bonheur avec lui. Comme un homme qui a trop bu, elle avançait en zigzaguant dans la fumée de plus en plus dense.

Combien de temps progressa-t-elle ainsi ? Soudain ses jambes lâchèrent, et Emily s'écroula sur un tapis d'aiguilles de pin. Ses poumons brûlaient, elle étouffait presque. La poitrine secouée de sanglots, elle resta affalée, incapable de parcourir un mètre de plus. Ses bras étaient en sang, ses vêtements déchirés par les buissons et les épines, ses membres douloureusement crispés par l'effort excessif. Complètement à bout, la jeune femme enfouit la tête entre ses mains et se mit à pleurer. Ce n'était pas juste ! Elle ne voulait pas finir ainsi. Pour la première fois de sa vie, elle avait rencontré un homme qu'elle aimait de toute son âme, et voilà que l'avenir s'écroulait devant elle.

— Emily !

Etait-ce la voix de Dan, ou son esprit épuisé lui jouait-il des tours ?

Elle leva la tête, hébétée, et, incapable de se relever, s'agenouilla péniblement. Elle entendait les craquements du bois qui brûlait, l'explosion des troncs que la chaleur embrasait. Une fumée blanche s'infiltrait maintenant entre les arbres, annonciatrice de destruction et de mort.

— Emily !

La jeune femme étouffa un gémissement. Son cœur éclatait dans sa poitrine.

— Ici ! cria-t-elle sans reconnaître le son de sa propre voix.

Malgré sa faiblesse, elle parvint à se redresser et se dirigea en trébuchant dans la direction d'où venait cet appel.

— Je suis ici ! hurla-t-elle de toutes ses forces.

Brusquement, elle s'arrêta. Là, sortant du nuage de fumée, un homme courait vers elle... Ses paupières battirent et, dans la confusion de son esprit, elle pensa qu'elle perdait la raison.

Peu importait ! Maintenant, elle allait dormir. C'était tout ce qu'elle demandait. Dormir et oublier l'enfer qu'elle venait de traverser.

10

Dan s'assura anxieusement qu'Emily n'avait
aucune blessure grave avant de la saisir dans ses
bras. Il la serra contre lui et se mit à courir vers le
lac. C'était leur seule chance de survie dans ce
brasier dévorant qui gagnait du terrain. L'eau
froide qu'il lui lança à la figure dès qu'il fut près de
l'eau réveilla Emily de son évanouissement. Elle
gémit et se débattit, puis ouvrit les yeux. Comme
dans un rêve, le visage de Dan lui apparut.

— Dan ? souffla-t-elle d'une voix incrédule.

Il fit un petit geste de la tête et la berça contre lui.
Son visage, affreusement tendu, ruisselait de sueur.

— C'est moi, fit-il à voix basse.

— Comment m'avez-vous trouvée ?

Il eut un sourire et la serra plus fort.

— Bates nous a indiqué la direction que vous
aviez prise.

Il y eut un instant de silence, puis il se mit à
expliquer la situation d'une voix posée.

— Personne ne peut venir nous secourir, Emily.
Le feu est trop proche, et la chaleur trop intense.

Les hélicoptères ne peuvent plus atterrir. La chaleur va être intenable dès que le feu aura gagné la crête. Il nous faut aller dans l'eau. Par chance, il n'y a pas d'arbres autour du lac. Faites-moi confiance, Emily, quoiqu'il arrive. Cela va être pénible, mais nous en sortirons. Même si vous avez très peur, agissez exactement comme je vous l'ordonnerai.

Ses yeux fouillaient intensément les siens.

— Vous avez compris ?

Elle secoua la tête, et des larmes montèrent à ses yeux. La chaleur augmentait si rapidement qu'à présent, des nuages de vapeurs s'élevaient du lac.

— Je suivrai tous vos conseils, sanglota-t-elle en s'accrochant aux bras qui l'entouraient.

— Voilà qui est bien, ma chérie. Maintenant, entrons dans le lac.

Elle se laissa tirer dans l'eau qui n'était guère profonde, et ils avancèrent jusqu'à ce qu'elle leur arrive aux genoux. Dan la conduisit à un endroit où poussaient d'énormes nénuphars et la fit s'allonger à plat ventre. Seuls le haut de ses épaules émergeait de l'eau. Il prit alors des poignées de vase et en enduisit les parties de leurs corps qui restaient exposées.

— Comme nous ne pouvons pas aller complètement sous l'eau, conservez cette position ; la boue nous protègera. Appliquez-en le plus possible sur votre visage, sur vos cheveux.

Il couvrit ses épaules, sa tête et son visage d'une épaisse couche de terre, puis s'allongea à ses côtés. Le lac était alimenté par une source et l'eau était froide ; leurs corps surchauffés en éprouvaient un grand soulagement. Les flammes avaient atteint la crête, et le grondement du feu était effrayant. Les bois des arbres craquaient et explosaient dans le ronflement régulier de l'incendie. L'air devenait irrespirable tant il était enfumé. Des particules enflammées voltigeaient dans l'air à tout instant.

Pressée contre Dan, Emily sanglotait doucement. Dan restait calme, et la forçait de temps en temps à s'enfoncer davantage dans l'eau. La boue séchait rapidement sur eux, et il leur fallait sans cesse la mouiller ou la renouveler. Malgré cette protection, ils sentaient la brûlure de la chaleur sur leur peau.

— J'ai une idée, déclara soudain Dan.

Sur ces mots, il cueillit les larges feuilles des nénuphars, en fit des lamelles qu'il posa sur le nez et la bouche de la jeune femme. Elle en éprouva un soulagement immédiat. L'air respiré à travers les algues brûlait beaucoup moins les poumons.

L'incendie encerclait maintenant le lac, et les flammes qui dévoraient les arbres à quelques centaines de mètres paraissaient venir sur eux. Même si l'incendie n'atteignait pas les rives, se trouver au centre de cet enfer constituait une épreuve effroyable !

Combien de temps s'écoula ainsi ? Ni l'un ni l'autre n'auraient pu le dire. Mais après ce qui leur parut une éternité, le brasier s'apaisa enfin. Le rougeoiement du feu diminuait peu à peu, et l'air n'était plus la fournaise monstrueuse des instants précédents. Des flammes léchaient encore les troncs noircis des arbres, mais le grondement effrayant s'était tu.

Emily se redressa et posa la tête contre la poitrine de Dan.

— Ça va ? demanda-t-il en lui caressant le front avec tendresse.

— Soutenez-moi, Dan, murmura-t-elle d'une voix à peine audible.

— Oui, ma chérie. Mais avant de sortir de l'eau, je vais d'abord vous lavez un peu.

Emily était tellement lasse que son esprit ne voulait plus fonctionner. Incapable d'accomplir le moindre geste, elle laissa à Dan le soin de lui ôter la boue qui lui couvrait le haut du corps. Puis, la prenant dans ses bras, il la porta jusqu'à la rive où il la déposa délicatement. Il fouilla ensuite dans sa poche pour en sortir un appareil de radio miniaturisé.

— Que faites-vous ?

— J'appelle l'équipe de secours.

Il eut un sourire rassurant.

— Je vais demander à un hélicoptère de nous emmener loin de cet enfer d'eau et de feu.

Une demi-heure plus tard le ronronnement d'un moteur se fit entendre au-dessus d'eux. Brandissant sa chemise blanche qu'il agitait en tous sens, Dan signala leur présence au pilote, qui posa l'appareil à proximité du lac. Enfin sûre qu'ils étaient sains et saufs, Emily s'abandonna au sommeil et dormit pendant tout le trajet du retour.

Gênée par les contusions qui lui meurtrissaient le corps, Emily s'éveilla en sursaut. La tête lourde, les idées confuses, elle eut besoin de quelques secondes pour reconnaître l'endroit où on l'avait installée. Par la fenêtre ouverte, le soleil éclaboussait de lumière la petite chambre de Dan. Des bruits lui parvenaient de la pièce voisine, et elle appela son compagnon d'une voix que la fatigue avait brisée. Il arriva aussitôt.

— Bonjour, ma chérie ! s'exclama-t-il en posant un baiser sur son front. Je craignais que vous ne dormiez pendant toute la journée. Vous me manquiez terriblement, figurez-vous. Dix fois, j'ai failli vous réveiller, dix fois je me suis repris en pensant aux épreuves que vous aviez traversées, hier. Il parlait de manière si enjouée qu'Emily se mit à rire.

— Vous avez l'air en pleine forme, observa-t-elle en scrutant attentivement son visage rasé de près.

Puis, les images du cauchemar qu'elle avait vécu la veille s'imposèrent à son esprit avec une insupportable netteté.

— Dan, c'était horrible ! murmura-t-elle en se mettant à pleurer.

Bouleversé par son chagrin, Dan ne sut que dire pour apaiser la jeune femme. Comment parviendrait-il à effacer de sa mémoire les tortures épouvantables qu'elle avait endurées ? Le visage grave, il se pencha sur elle et déclara doucement :

— Vous allez prendre un bain bien chaud pendant que je vous préparerai un véritable festin. Vous verrez ; après ce traitement de choc, la vie vous paraîtra moins noire.

Il a raison d'essayer de dédramatiser la situation, songea Emily avec reconnaissance. Il n'aurait servi à rien de s'appesantir avec elle sur les détails de cette journée affreuse. On verrait plus tard... Un point lui tenait cependant à cœur, et elle s'en ouvrit à lui sans attendre.

— Et Bates ?

— Il est vivant. Il a eu beaucoup de chance de s'en sortir.

— L'incendie est arrêté ?

— Non, mais il ne progresse plus. Le vent est tombé, ce qui rend la tâche plus facile aux sauveteurs. Sur ces mots, il se leva.

— Votre bain sera prêt dans deux minutes, ma chérie.

Les effets bénéfiques de l'eau chaude et parfumée sur son corps meurtri ne tardèrent pas à se faire sentir. A présent, Emily avait l'impression que son être s'était régénéré et que, au physique comme au moral, les blessures de la veille avaient commencé à se cicatriser. Drapée dans le peignoir trop grand pour elle, elle se rendit dans la cuisine où flottaient de délicieux parfums de café et de gâteaux en train de cuire.

— Vous êtes ravissante, lança Dan. Votre visage est complètement détendu, à présent. Quand vous aurez déjeuné, je parierais volontiers que vous vous sentirez une autre femme ! Etonnée elle-même d'avoir faim en ces circonstances si particulières, Emily dévora son petit déjeuner à belles dents.

— Vous allez mieux ? s'enquit Dan quand elle eut fini.

— Oh oui ! Je vous dois la vie, murmura-t-elle d'une voix sourde. Sans votre intervention, je ne m'en serais pas tirée vivante...

— Nous avons décidé de ne pas évoquer ce sujet, il me semble !

— Dan, il faut que je sache comment vous m'avez retrouvée.

Dan ferma les yeux.

— Il est si pénible de repenser à cette journée de cauchemar que je préférerais ne pas y faire allusion aujourd'hui.

Emily s'approcha de lui et noua les bras autour de son cou.

— Dan, insista-t-elle, il faut absolument que vous me disiez ce qui s'est passé.

Il hésita un instant avant de répondre :

— Bates m'a indiqué la direction que vous aviez prise. Je suis parti en hélicoptère, mais l'incendie était si violent, à l'endroit où j'imaginais vous découvrir, que j'ai dû me poser dans la vallée, à quatre ou cinq kilomètres du lac. J'ai couru à perdre haleine pour vous rejoindre. J'avais l'impression que je n'y arriverais jamais...

Il se tut, brisé par le souvenir de ces instants affreux où il l'avait crue morte.

— Quand, enfin, je vous ai aperçue... Vous gisiez à même le sol, mais je me suis vite rendu compte que vous étiez sauve.

— C'est à ce moment que vous avez surgi devant moi, poursuivit Emily avec émotion. Oh! Dan! Vous avez pris des risques énormes pour moi. Comment vous remercier?

— Me remercier? Quelle idée! C'est aussi à moi que je pensais pendant cette course folle.

Il riva son regard au sien et reprit sur un ton solennel :

— J'ai tellement besoin de vous que je n'imagine plus vivre sans vous, ma chérie. Hier, je me suis maudit cent fois de ne pas vous avoir demandé votre main.

Le cœur d'Emily se gonfla de joie. Les mots qu'il venait de prononcer résonnaient comme une douce mélodie à ses oreilles. Elle avait tant espéré ces instants qu'à présent, elle ne savait plus que dire pour manifester son bonheur. Elle restait sans voix devant le trop-plein de sensations merveilleuses qui déferlaient en elle. Se méprenant sur son silence, Dan se rembrunit brusquement.

— Pardonnez-moi, Emily. Sans doute me trouvez-vous bien prétentieux d'oser formuler une telle requête. Je saurai attendre que vous soyez prête, ne vous inquiétez pas. Si vous souhaitez l'être un jour, bien entendu.

— Mais je n'ai pas la moindre intention d'attendre un jour de plus pour vous déclarer mon amour ! s'exclama Emily. Moi aussi, j'ai pensé à vous, hier. Je n'ai pas cessé une seule minute de le faire, si vous voulez des détails plus précis. L'une des raisons pour lesquelles je refusais obstinément de me laisser prendre par le feu était que je voulais vivre avec vous avant de mourir ; je voulais être heureuse en votre compagnie, je voulais élever des enfants de vous, je voulais devenir votre épouse, je voulais dormir à vos côtés pendant des milliers de nuits. Voilà tous les désirs que vous m'inspiriez, Dan. Et l'idée d'y renoncer à jamais à cause de cet horrible incendie me semblait tellement odieuse que la fureur me donnait des ailes pour fuir le danger. Vous m'avez sauvée deux fois, en réalité, lors de cette journée fatale. Sans l'amour que je vous porte, peut-être aurais-je renoncé à lutter contre les éléments déchaînés qui s'acharnaient à me harceler.

Trop bouleversée pour continuer, la jeune femme éclata en sanglots. Dan se leva d'un bond et l'étreignit farouchement.

— Je vous aime à la folie, Emily. Je suis tellement heureux que vous acceptiez de partager mon existence que j'ai envie de danser de joie.

Séchant ses larmes, Emily le regarda avec adoration.

— J'avais si peur que vous ne vouliez pas de moi de manière durable, avoua-t-elle en rougissant légèrement. Vous sembliez si attaché à votre liberté que...

— Fadaises ! l'interrompit-il en haussant les épaules. Je croyais être libre alors que je n'étais qu'un homme seul et malheureux. Mais en vous rencontrant, je me suis vite rendu compte que la joie n'existerait pas pour moi sans votre présence à mes côtés, Emily. Je me figurais que mon unique passion était la montagne... Naïf que j'étais. Je suis prêt à vous suivre à San Francisco dès que vous aurez envie de partir.

Emily le considéra avec étonnement.

— Vous voulez quitter cette région ? Moi qui me faisais une telle fête à la perspective de m'y installer durablement. Songez que l'air de la montagne serait excellent pour nos futurs enfants.

Le visage de Dan s'illumina d'une joie radieuse.

— Vous accepteriez d'habiter Challis ?

— Je vous l'ai déjà dit ; je suis tombée amoureuse de cet endroit.

— Je crois que je ne mérite pas tant de bonheur, murmura Dan pour lui-même.

— Oh ! si ! Vous méritez tout ce qu'il y a de meilleur au monde, répondit Emily en se blottissant étroitement contre lui.

— Vous épouser, avoir des enfants de vous qui grandiront ici... En quelques minutes, on vient de mettre le paradis à portée de ma main.

La jeune femme sourit à cette imaage si juste. L'avenir qui les attendait serait fait d'une longue suite de jours sereins et comblés. En rencontrant Dan, elle avait aussi rencontré un bonheur si fou qu'elle devait faire un effort pour se persuader qu'il ne s'agissait pas d'un rêve.

Silencieux et enlacés, tous deux réfléchissaient aux aléas de l'existence. Par l'effet d'une intervention miraculeuse, ils s'étaient trouvés sur le chemin l'un de l'autre et, grâce à ce hasard, avaient enfin cru en la possibilité du bonheur.

Après tant d'épreuves, tant d'années de désillusions amères, l'amour qu'ils se portaient l'un l'autre, la passion immense qui les unissait, les avaient sauvés d'une vie triste et monotone. Ils se regardèrent en souriant, trop émus pour parler. Ils avaient des années devant eux pour échanger encore et encore les impressions qui les avaient submergés en cet après-midi idyllique où ils s'étaient avoué leurs sentiments.

Ce livre de la collection Duo vous a plu.
Découvrez les autres séries qui vous enchanteront.

● Série Romance : 2 volumes doubles par mois.

Romance, c'est la série tendre, la série du rêve
et du merveilleux. C'est l'émotion, les paysages
magnifiques, les sentiments troublants.
Romance, c'est un moment de bonheur.

● Série Désir : 4 nouveaux titres par mois.

Désir, la série haute passion, vous propose
l'histoire d'une rencontre extraordinaire entre
deux êtres brûlants d'amour et de sensualité.
Désir vous fait vivre l'inoubliable.

● Série Harmonie : 4 nouveaux titres par mois.

Harmonie vous entraîne dans les tourbillons
d'une aventure pleine de péripéties.
Harmonie, ce sont 224 pages de surprises et
d'amour, pour faire durer votre plaisir.

● Série Coup de foudre : 4 nouveaux titres tous les 2 mois.

Coup de foudre, une série pleine d'action,
d'émotion et de sensualité, vous fera vivre
les plus étonnantes surprises de l'amour.

Duo · *Les livres*
que votre cœur attend

Duo Série Désir n° 174

ANN HURLEY

Poème d'amour

Jolie, très sage, Jenna Lanier est également une excellente psychologue. Elle adore son métier, aussi a-t-elle adopté une devise : ne jamais mêler vie privée et vie professionnelle. Lorsqu'elle demande à être reçue par Neil Riordan, le célèbre poète irlandais, c'est avec le souci de découvrir le mystère d'une personnalité hors du commun. Fantasque, brillant, Neil est un homme éblouissant de séduction.

Un homme qui évoque, pour Jenna, ces grands fauves dangereux et fascinants, toujours à l'affût d'une nouvelle proie. Après tout, n'est-ce pas elle qui, naïvement, vient de se jeter dans le piège de la passion ?

Duo

Série Désir

Duo Série Désir n° 175

ANGEL MILAN

Au soleil de la passion

Les hommes? Cindy Harte ne veut plus en entendre
parler! Elle en a assez des caprices de ses frères
et de son père, assez d'être traitée comme un objet!
Pour commencer, elle décide de prendre en main
son destin professionnel en venant travailler
à La Nouvelle-Orléans, aux côtés d'un chef cuisinier
renommé, et de s'installer dans une charmante
pension réservée aux femmes. Malheureusement,
elle ignorait que Mitch McCabe avait le droit
d'y séjourner à sa guise!

Aussitôt, Cindy la rebelle s'effarouche et s'inquiète.
De toutes ses forces, elle voudrait le détester.
De tout son cœur, elle se prend à rêver d'une vie
à deux avec cet homme étonnant,
infiniment séduisant...

Duo

Série Désir

Duo Série Désir n° 176

SYRIE A. ASTRAHAN

Une plage pour rêver

L'unique passion de Virginia Saint-Germain ?
Son métier d'animatrice de radio, pour lequel elle
a tout sacrifié. Aussi, lorsque son talent et sa voix
lui valent une remarquable promotion, est-elle à la
fois ravie et inquiète. La loi du marché est dure :
une parole malheureuse... et tout serait
à recommencer ! C'est pourquoi, lorsque Kyle
Harrison intervient à l'antenne pour rectifier
une information fausse, Virginia craint le pire...

Et quand le pire a les yeux superbes d'un richissime
homme d'affaires à la réussite insolente, il y a de
quoi être troublée ! Pourtant, devant cet homme
qui menace sa carrière, la farouche Virginia
n'est pas près de rendre les armes !

Duo

Série Désir

Achevé d'imprimer sur les presses de l'Imprimerie Bussière
à Saint-Amand-Montrond (Cher)
en juin 1986. ISBN : 2-280-85173-3.
N° 1041. Dépôt légal : juillet 1986. Imprimé en France

Collections Duo
53, avenue Victor-Hugo   75116 Paris